SESSENTA E CINCO HORAS

N.R. WALKER

COPYRIGHT
SOBRE ESTE E-BOOK

AVISO

Destinado apenas a um público maior de 18 anos. Este livro contém material que pode ser ofensivo para alguns e destina-se a um público adulto e maduro. Ele contém linguagem gráfica, conteúdo sexual masculino/masculino explícito e situações adultas.

RECONHECIMENTO DE MARCAS REGISTRADAS

Todas as marcas comerciais são propriedade dos respectivos proprietários.

SINOPSE

Cameron Fletcher e Lucas Hensley são publicitários que têm sessenta e cinco horas para montar a campanha de suas carreiras.
Sessenta e cinco horas para se darem bem.
Sessenta e cinco horas para não se matarem.
Sessenta e cinco horas para se apaixonarem.

65

SESSENTA E CINCO HORAS

N.R. WALKER

UM
ESTOU... MUITO FERRADO

ME SENTEI EM MINHA SALA TENTANDO NÃO OBSERVÁ-LO.

Mas observei.

A sala dele era em frente à minha. As paredes de vidro forneciam uma distração diária, porque, eu juro, não queria vê-lo.

Mas via.

Eu não gostava dele. Na verdade, ele me irritava. Era um filho da mãe, lindo, arrogante e hipócrita. O filho do chefe. Rico, inteligente, impecavelmente vestido.

E hétero.

As mulheres do escritório, não, na verdade de todo o prédio, o bajulavam. Era bem embaraçoso. Eles verificavam a maquiagem antes que ele entrasse, piscavam, davam risadinhas e flertavam sem vergonha. E ele abria aquele sorriso presunçoso, aquele lindo sorriso de parar o coração. e deixava todas agitadas em seu rastro.

Eu estava aqui há seis meses e nunca soube que ele

tivesse saído com alguém do escritório. Ele devia ter aqueles limites profissionais de ética de trabalho sobre os quais eu li. Ou isso, ou papai-chefe proibia relações entre colegas de trabalho.

Minha assistente pessoal, Rachel, jurava que ele era um cara legal. Ela era a melhor amiga de Simona, que por acaso era assistente *dele*. O cara sorria e conversava com as duas, mas se eu passasse por eles, ele me encarava. Agia como se isso não me incomodasse, dava um sorriso para as garotas e tirava um chapéu imaginário em cumprimento, que obviamente eu não usava. E elas adoraram.

Eu não tinha certeza se era isso que o irritava, ou talvez ele não gostasse de texanos. Talvez não gostasse do fato de eu ter sido contratado por uma das agências de publicidade mais lucrativas de Dallas. Talvez fosse porque me deram um escritório do outro lado do corredor, próximo ao de seu pai. Ou porque fui escolhido a dedo por seu querido papai, e ele se sentisse ameaçado de que eu poderia ser melhor neste trabalho do que ele.

Talvez não gostasse de mim porque eu era gay.

Mas não achei que fosse isso. Ele era bastante amigável com Marcus, da Contabilidade. Eu os vi conversando várias vezes e Marcus era tão gay que fazia a *minha* cabeça girar. Com certeza um cara homofóbico não chegaria nem perto de alguém que usava cashmere lilás e brilho labial.

Desde que o conheci, ele foi frio comigo. Eu tinha vindo para Chicago para a entrevista para a vaga de Executivo de Publicidade Sênior, na prestigiada *Fletcher*

Advertising, Inc. Nos encontramos e tivemos uma conversa agradável por dois minutos antes de seu pai entrar e a entrevista começar. Sim, foi informal, mas ainda assim uma entrevista intensa. Fiquei um pouco nervoso, mas fui eu: profissional, honesto e direto.

Veja, a questão é que sou muito bom no que faço. Não economizo palavras e não perco tempo. Então, quando me perguntaram se eu tinha alguma dúvida, eu disse:

— Só uma.

Os dois homens me olharam para que eu continuasse.

Então eu falei.

— Não preciso dizer o quanto sou bom no meu trabalho. Vocês estão com meu currículo e, francamente, duvido que estaria sentado aqui se vocês já não soubessem que eu posso aumentar a lucratividade da sua conta em pelo menos vinte e cinco por cento. Caramba, se eu não atingir essa meta no primeiro ano, podem chutar meu traseiro ou me demitir. Mas o que não está escrito em meu currículo é que eu sou gay.

Os dois homens piscaram.

— Não anuncio minha sexualidade, nem a escondo. Esta é a *única* vez que espero discutir este assunto, então preciso saber antes de prosseguirmos, se vocês ou esta empresa, ficam, de alguma forma, desconfortáveis ou se são homofóbicos? Se a resposta for sim, agradecerei a oportunidade, mas voltarei ao Texas a tempo do jantar.

E com isso, o chefe sorriu, se levantou e apertou a minha mão, enquanto o filho parecia ter sido atirado de uma grande altura. Comecei duas semanas depois e, desde então, Cameron Fletcher ficou indiferente a mim.

Eu não diria que era hostil. Mas não diria agradável também.

Uma batida forte na porta me tirou de meus pensamentos antes que ela se abrisse. Meu elegante e distinto chefe de terno Armani entrou em meu escritório.

— Lucas?

— Sim, sr. Fletcher?

— Meu escritório. Dez minutos.

— Claro. — Sorri para ele.

Ele fechou a porta e eu olhei para Rachel em busca de algum tipo de explicação. Ela deu de ombros, e nós nos viramos para a parede de vidro e observamos o sr. Fletcher bater na porta de seu filho.

— Cameron?

Ele entrou e não pudemos mais ouvir nenhuma palavra, mas assistimos à conversa silenciosa de pai e filho.

— Ele não parece feliz — Rachel falou ao meu lado.

— Qual deles? — perguntei.

Ela riu.

— O Cameron.

— E quando é que ele está?

Ela cutucou meu ombro e sorriu para mim, brincando ao me dizer para deixá-la sozinha.

O sr. Fletcher saiu do escritório de Cameron, e nós observamos como o rapaz se sentou, passou as mãos pelos cabelos vinte vezes e girou a cadeira para que não pudéssemos mais vê-lo.

Observamos Simona rapidamente separar arquivos e entregá-los a ele, então Rachel disse:

— Vá, Lucas! Está na hora. Vá! Não se atrase. — Ela praticamente me empurrou porta afora, assim que a porta de Cameron se abriu bem na minha frente.

Ignorando-o por completo, tirei meu chapéu invisível e sorri para Simona.

— Srta. Simona.

Ela sorriu. Cameron revirou os olhos e saiu na minha frente. Logo percebi que ele também estava indo para o escritório do pai.

Merda.

Eu o segui, entrando pelas portas duplas abertas no final do corredor. O escritório do sr. Fletcher era enorme; aberto, leve e contemporâneo, mas elegante. Havia uma grande flecha de arqueiro embelezando a parede atrás de sua mesa. O símbolo da flecha do arqueiro, o ícone da *Fletcher Advertising*, aparentemente também era parte do brasão da família Fletcher.

A flecha, aquela simples peça de assinatura estava em cada coisa: portas, janelas, material de papelaria, móveis; televisão, internet, revistas, jornais. Essa mesma flecha era sinônimo de publicidade em todo o país. Representava a excelência nesta indústria.

Caramba, havia até uma ao lado do meu nome em meus cartões de visita.

Eles não precisavam de uma frase de efeito ou slogans cafonas. O símbolo por si só já dizia o suficiente. *Quando se vê a seta, pensa em Fletcher Advertising. Simples e eficaz.*

Gênio.

— Ah, Lucas — o sr. Fletcher, o homem por trás do slogan disse. — Venha, sente-se.

Cameron estava lá, embora não estivesse olhando para mim. Sinceramente, eu estava um pouco nervoso quanto ao motivo por trás dessa reunião e por que éramos apenas nós três. Reuniões improvisadas e exclusivas com o chefe sempre me deixavam tenso, então fiz a primeira coisa que me veio naturalmente. Me recostei na cadeira, cruzei um tornozelo sobre o joelho e sorri como se estivéssemos ali para discutir futebol no fim de semana.

Presunçoso, sim. Atrevido, talvez.

Eu vendia publicidade pelo amor de Deus.

Meu trabalho era parecer que sabia o segredo do seu sucesso.

Era uma atuação. Eu sabia disso, mas o cliente, o cara do outro lado da mesa com o dinheiro no bolso, não.

— Imagino que vocês estejam se perguntando por que os chamei aqui — o sr. Fletcher começou, embora ele não tenha dado a nenhum de nós tempo para falar. — Ouvi boatos de que uma determinada empresa de produtos de estilo de vida precisa de um novo marketing. Fiz alguns telefonemas e consegui uma reunião para convencê-los de que precisam de nós.

— A Lurex — Cameron disse, com confiança. — Li um artigo com o novo CEO na Business Review USA. Ele disse que gostaria de ampliar os horizontes.

O sr. Fletcher acenou com a cabeça para o filho e sorriu, um pouco orgulhoso.

— Sim. A Lurex.

Puta merda. A maior *empresa de produtos de estilo de vida*, como o sr. Fletcher colocou tão delicadamente, era a maior fabricante de preservativos, lubrificante e auxiliares sexuais do país.

Essa conta seria... enorme. Do tipo que alavancaria uma carreira.

Eu podia sentir meu sorriso ficar mais largo, e o sr. Fletcher sorriu quando olhou para mim. Mas foi Cameron quem falou:

— Por que você está dizendo isso a nós *dois?*

Era um bom ponto. Olhei para Cameron, embora ele ainda não estivesse olhando para mim. Seus olhos estavam fixos no pai.

— A reunião é segunda-feira às 10h.

Pisquei. Eu tinha certeza de que Cameron também piscou. Então pisquei de novo.

— Daqui a três dias? — minha boca disse antes que meu cérebro pudesse impedir. Eram quatro da tarde de sexta-feira, pelo amor de Deus.

— Sim — o sr. Fletcher disse devagar, como se eu tivesse algum transtorno mental. — Em sessenta e cinco horas, quero que a *Fletcher Advertising* entre nessa reunião com um design novo de produto, para um novo mercado-alvo e nova campanha.

Me parei antes de perguntar se ele tinha enlouquecido e me conformei em me remexer no meu lugar.

O sr. Fletcher olhou para mim, depois para Cameron, e disse:

— É um contrato de vinte milhões de dólares, e eu o quero. Vocês são excepcionalmente talentosos e, dada a agenda aberta, não tenho dúvidas de que qualquer um de vocês poderia garantir o acordo.

Ah, merda... eu tinha certeza de que sabia onde ele estava indo com isso...

— Mas não temos uma agenda aberta — o sr. Fletcher disse. — Temos sessenta e cinco horas. É por isso que vocês dois vão trabalhar juntos no fim de semana para garantir que iremos àquela reunião e os surpreenderemos.

Trabalhar juntos. Trabalhar o fim de semana todo.

Sim. Foi o que eu pensei.

Puta merda.

Cameron tentou se opor, mas seu pai se levantou. A reunião estava encerrada. O sr. Fletcher caminhou até as portas duplas que levavam à sala de mídia da conferência e eu olhei para Cameron. Ele estava olhando para a cadeira agora vazia do pai, e imaginei que o olhar em meu rosto não era muito melhor.

— Rapazes! — O sr. Fletcher gritou.

Fui rápido em segui-lo e Cameron não estava muito atrás de mim. Havia duas sacolas de compras de papel pardo na mesa de conferência, para as quais o sr. Fletcher acenou com a mão.

— Vejam o produto como ele é agora, o que está faltando. Transformem-no em algo sem o qual ninguém pode viver. Entrarei em contato.

E então era só eu e Cameron. E dois sacos de papel pardo.

Suspirando, peguei uma das sacolas e derrubei o conteúdo sobre a mesa. Camisinhas. Uma variedade delas. Com nervuras, cravejadas, coloridas, finas, compridas, para o prazer dela, para o dele, bastava escolher e estava lá. Lubrificantes de todos os sabores, com glitter, brilho, que esquenta, formiga...

Sorri quando me ocorreu que eu tinha experimentado a maioria.

Espiei dentro da outra sacola e, com o canto do olho, notei o movimento de Cameron. Dei de ombros para ele.

— Eu também não estou feliz com isso — eu disse, entregando a ele o que quer que eu tivesse nas mãos, para que eu pudesse esvaziar o segundo saco.

Quando ele olhou para o que eu lhe dei, olhei também, percebendo que tinha acabado de entregar uma caixa de lubrificante com sabor de morango. Ele olhou para a caixa, depois para mim e exalou pelas bochechas inchadas. Comecei a tirar as caixas da segunda sacola quando percebi que ele estava reembalando a primeira.

— O que você está fazendo? — perguntei.

— Não vou fazer isso aqui — ele afirmou.

— O quê? — perguntei muito alto. — Você ouviu o que seu...?

Ele me cortou.

— Eu disse que não vou fazer isso *aqui* — ele repetiu, claramente confuso. Tirou um cartão de visitas e uma caneta do bolso, rabiscou algo antes de entregá-lo para mim. — É o endereço da minha casa — ele explicou antes que eu pudesse perguntar. — Se vou trabalhar durante todo o fim de semana, então vou fazer isso de forma confortável. Vou pedir a Simona para providenciar tudo o que iremos precisar.

Ele olhou para o relógio.

— Estarei em casa em uma hora.

E assim, eu ficaria preso pelas próximas sessenta e cinco horas com um homem que não suportava me ver.

DOIS

EU... NÃO SOU FÃ DE RELÓGIOS DE CONTAGEM REGRESSIVA

Depois de explicar a Rachel quais eram meus novos planos para o fim de semana e deixá-la em um borrão de movimento organizacional, fui para casa me trocar. Arrumei uma bolsa com roupas para a noite e, exatamente uma hora depois que Cameron me deu seu endereço residencial, eu estava subindo os degraus da casa.

Era bonita. Bonita pra caramba.

Uma daquelas construções de tijolos marrons recém-reformada, com uma pequena varanda na frente. Havia até uma árvore. Era pequena, mas ainda assim era uma árvore. Poucas pessoas que moram a dez minutos do centro da cidade de Chicago têm árvores em seus jardins.

Poucas pessoas tinham jardins na frente da casa.

Com exceção de Cameron Fletcher.

Fiz uma pausa antes de apertar a campainha. Droga. Eram cinco e dez da tarde de sexta-feira e meu fim de semana acabou antes de começar. Trabalhei muitos fins de semana. E noites. Mas não com alguém que me desprezava.

— Ah, que se dane — murmurei e apertei a porcaria do botão.

Ele abriu a porta quase que de imediato, como se estivesse do outro lado da porta me ouvindo hesitar. Ainda estava vestido com roupas de trabalho, sem o paletó. A gravata estava puxada para baixo, o primeiro botão da camisa desabotoado.

Merda. Não havia como negar. Ele era bonito. Lindo, na verdade. Não era uma palavra que eu usava para descrever os homens. Mas ele era... e tão alto quanto eu, magro, olhos castanhos, pele de alabastro, uma mecha de cabelo cor de café artisticamente bagunçada e os lábios rosados que davam vontade de beijar...

Sim. Lindo.

Ele me olhou de cima a baixo, com os olhos fixos em meus pés, e tossiu antes de se afastar para me deixar entrar. Olhei para minhas roupas; jeans, camiseta, jaqueta e botas. Guarda-roupa padrão Lucas Hensley.

Se ele não fosse hétero, eu pensaria que estava me observando. Não era como se eu não feito isso antes, muitas vezes. Afinal, ele era um homem, um muito bonito, e sou um homem gay de sangue quente. Vou olhar. Isso é certo.

Ele ficou lá, sem saber o que dizer. Então falei em seu lugar.

— E aí, onde vamos fazer isso?

— Ah — ele disse —, por aqui. — E me conduziu pela primeira porta do corredor. Era uma sala de estar. Decorada com muito bom gosto.

— Bela casa — ofereci.

— Sim, obrigado — ele disse. — Eu amo esse lugar.

Ele acenou com a mão para a grande mesa de jantar quadrada onde havia papéis e arquivos dispostos com um laptop.

— Comecei a me instalar aqui — explicou. — Mas preciso me trocar... a cozinha fica naquela porta. — Ele apontou para outra porta. — Sirva-se do que quiser: água, cerveja, refrigerante. Estarei lá em cima.

Ele se virou e saiu pela porta pela qual entramos, e eu gritei:

— Quer uma bebida?

Ele ficou em silêncio por um instante, mas então gritou de volta:

— Só água. — Em seguida, acrescentou: — Hum, obrigado.

Peguei água para nós dois e me sentei à mesa de jantar. Tentei não olhar ao redor da sala de estar. Eu podia ver as fotos, mas não me concentrei nas pessoas nelas. Não queria ser rude.

Até eu poderia respeitar os limites.

Em vez disso, folheei os arquivos. Estava na metade do resumo sobre a Lurex quando Cameron desceu as escadas. Desta vez eu o observei.

Ele estava usando jeans, camisa de botão e mocassins italianos que provavelmente custaram mais que o meu primeiro carro, mas ele parecia... *diferente*.

Diferente, mas não por não estar de terno, sem paletó e gravata. Cameron Fletcher de ternos de grife era fácil de se olhar, mas vê-lo de roupa casual... bem, levava o termo colírio para os olhos a um nível totalmente novo.

Ele limpou a garganta, e percebi que fui pego olhando para ele. Dei de ombros, reconhecendo meu olhar errante, mas não me desculpei por isso.

Envergonhado e me ignorando por completo, ele se sentou na frente do laptop e começou a digitar.

— A Simona vai chegar aqui em breve — ele disse, olhando fixamente para a tela à sua frente.

— E a Rachel também — eu o informei. — Elas estavam organizando tudo quando eu saí.

Ele assentiu e abriu a boca, mas depois fechou de novo, decidindo não dizer o que quer que fosse. Então ele olhou para mim e disse assim mesmo.

— Teve que cancelar algum plano neste fim de semana?

Essa foi a primeira conversa que ele teve comigo. Sorri e balancei a cabeça.

— Não. Só estou aqui há seis meses. Não é tempo suficiente para conhecer alguém fora do trabalho. E você?

Ele franziu a testa e balançou a cabeça em negativa. Mais uma vez, abriu a boca para falar, mas desta vez foi salvo pela campainha.

Cameron se levantou e dez segundos depois, um quadro branco com duas pernas entrou na sala. Rachel. Fiquei de pé rapidamente e peguei o quadro dela. Era mais alto e largo do que ela com os braços estendidos, o que não era difícil, e ela ainda carregava duas sacolas nos ombros.

— Caramba, Rach, você vai se machucar — reclamei.

— Tem mais. — Ela acenou com a cabeça para a porta da frente. — Vá se tornar útil.

Eu sorri e fui até lá, passando por Simona e Cameron, que estavam com as mãos ocupadas.

— Deve ser a última leva — Simona gritou por cima do ombro.

Rachel e eu pegamos as últimas caixas de arquivo restantes, fechamos o carro e voltamos para dentro. Simona e Cameron estavam tendo algum tipo de conversa silenciosa: ela estava olhando para ele com olhos suplicantes, e ele balançou a cabeça e respondeu com um *não* nos dele.

E eu me perguntei se havia mais entre eles do que aparentava. Era óbvio que tinham uma história. Só me perguntei se era mais do que apenas profissional. Mas a conversa silenciosa parou deliberadamente quando entrei.

Cameron rapidamente se ocupou arrumando o quadro branco, e eu dei uma olhada na quantidade de coisas que as garotas trouxeram.

— Vocês deixaram *alguma coisa* no escritório? Ou está tudo aqui?

Rachel sorriu e então explicou o que havia nas duas bolsas de couro.

— Laptop e histórico do cliente em marketing e contas.

— Não sei o que faria sem você — eu disse, cutucando-a com o cotovelo.

— Você teria trazido toda essa merda aqui por conta

própria, é isso que faria sem mim — ela respondeu em tom de brincadeira e bateu o quadril no meu. — Mas obrigada por dizer isso.

Espiei os dois sacos de produtos da Lurex e percebi que não tinha olhado no segundo. Então eu o virei de cabeça para baixo, bem ali no sofá de Cameron.

E foi só vitória.

Vibradores, anéis penianos, estimuladores de próstata, mais preservativos e óleos de massagem. Havia três pares de olhos em mim e eu sorri para eles, segurando um vibrador preto e um estimulador de próstata.

— Esses são meus!

Rachel e Simona riram, mas Cameron me ignorou por completo. Revirei os olhos para ele, embora ele não estivesse vendo, e arrumei o saco de produtos. Deixei-o de lado, fora do caminho, na esperança de poder testar os produtos mais tarde... a um nível mais pessoal.

Então, em vez disso, comecei a vasculhar as caixas, retirando arquivos quando percebi que Cameron estava configurando um relógio digital. Ele o conectou e olhou para o relógio de pulso, depois acertou a hora.

Mas não indicava as horas. Isso era óbvio. Contava de trás para frente.

Havia números grandes, vermelhos e piscando. 63:47.

Puta merda. Faltavam sessenta e três horas e quarenta e sete minutos para a reunião com a Lurex.

— Ah, merda não — eu disse. — Não posso trabalhar com essa coisa tiquetaqueando em minha cabeça.

— Cameron olhou para mim e me dispensou como se

eu não tivesse falado dada. Então repeti: — Eu disse que não posso trabalhar com isso...

— Eu ouvi o que você disse — ele interrompeu, como se eu o entediasse. — Quando estou com um prazo curto, gosto de saber como estou indo. O relógio fica.

Olhei para ele, o filho da mãe presunçoso, mas ele nem olhou para mim. Olhei para Simona e Rachel, que não sabiam para onde olhar, e bufei em derrota.

Mordendo a língua, peguei o marcador do quadro branco e comecei meu gráfico de progressão de *brainstorming* usual, quando Cameron finalmente olhou para mim e disse:

— Não é assim que faço isso.

Olhei para o relógio de contagem regressiva. 63:45.

— Bem, você vai ficar extremamente desapontado pelas próximas sessenta e três horas e quarenta e cinco minutos.

Então ele olhou para mim.

Eu sorri.

As duas garotas interromperam. Raquel primeiro.

— Certo. Cameron, você se senta aí — ela apontou para o meu lugar — assim o Lucas fica de costas para o relógio. Você pode ver, mas ele não.

Simona acrescentou:

— Lucas, adicione incrementos de tempo na parte inferior de seu gráfico para o que Cameron possa acompanhar sua agenda.

Ele olhou para mim, e eu olhei para ele. Nenhum de nós se moveu.

Rachel fez uma careta.

— Deus, vocês dois são como crianças. Chama-se compromisso, e se quiserem ganhar o contrato da Lurex sem matar um ao outro nesse meio tempo, então lidem com isso.

Cameron olhou para mim. Achei que ele podia ter rosnado, mas pegou seus papéis e trocou seu assento pelo meu.

Revirei os olhos, mas acrescentei seus preciosos incrementos de tempo ao meu gráfico, marcando o tempo alocado para cada tarefa.

As duas garotas sorriram vitoriosas e, pelas próximas duas horas e meia, nós quatro trabalhamos em silêncio. Surpreendentemente, não foi tenso, mas sim produtivo.

Pedimos comida tailandesa e, quando chegou, com a mesa coberta de papéis, optamos por nos sentar no chão da sala. O humor estava diferente então. Simona fez perguntas sobre minha família, meu trabalho em Dallas e o que eu estava achando de Chicago. Rachel ouvia e contribuía ocasionalmente, e até Cameron parecia interessado.

Ele estava sentado com as pernas estendidas, cruzadas nos tornozelos, e a diferença entre o homem à minha frente e aquele com quem eu trabalhava era nítida. Ele ria enquanto todos conversávamos, beliscava a comida de todos com seus pauzinhos, provava um pouco de tudo, e seus olhos brilhavam quando ele sorria.

Por um momento, pensei que poderia até gostar do cara.

Sorrindo, Rachel disse:

— Se importa em explicar a coisa do chapéu, sr. Hensley?

Eu ri.

— Ah, minha marca registrada — disse, fazendo um movimento exagerado de tocar a aba do chapéu imaginário. Ela e Simona sorriram. — Faço isso desde criança — eu disse a elas. — Quando eu era pequeno, tinha um senhor que se sentava do lado de fora do armazém geral, e toda vez que eu entrava lá com minha mãe, ele tirava um chapéu invisível. Ele não dizia uma palavra, apenas fazia essa coisa de tirar o chapéu. Minha mãe sorria por cinco minutos inteiros. Isso fazia todas as mulheres sorrirem. — Sorri para mim mesmo ao me lembrar. — Quando eu tinha uns seis anos, fiz isso para a sra. Barnett na mercearia, e ela me deu um pirulito por ser um cavalheiro.

Rachel e Simona riram, e Cameron revirou os olhos. Eu sorri e disse a eles seriamente:

— Isso tem me feito conseguir tudo o que quero desde então.

Simona ainda riu, mas perguntou:

— Você faz isso para fazer as mulheres sorrirem? Não é um pouco redundante? Não são os homens que você quer encantar?

Percebi que os olhos de Simona se fixaram nos de Cameron, cujos olhos se arregalaram com as palavras da moça, mas sorri para ela.

— Não é o meu chapéu que os homens querem. Tenho outras maneiras de encantá-los — eu disse de forma sugestiva. — Mas acho que falo por todos os homens, gays ou héteros, quando digo que nunca é redundante ver uma dama sorrir. Não é, Cameron?

Ele hesitou com minhas palavras a princípio e depois declarou:

— Hum... temos um prazo a cumprir.

O bom humor e a conversa animada morreram ali mesmo. O *Sr. Só Trabalha e Não Brinca* estava se tornando um menino muito chato.

Começamos a embalar os recipientes vazios do jantar e Simona disse:

— Bem, é aqui que vocês dois fazem suas coisas. — Então ela apontou para si mesma e Rachel e disse: — Cobrimos todas as bases, fizemos todo o dever de casa, então vamos deixar vocês dois com isso.

Rachel pareceu um pouco surpresa, mas um rápido olhar de Simona a fez concordar. Ela sorriu e disse:

— Juntem essas duas lindas cabeças e criem uma campanha publicitária que vai surpreender a Lurex.

Simona nos disse que elas ligariam amanhã para ver se precisávamos de alguma coisa e quando ela puxou Rachel para fora da porta, eu chamei e as parei.

— Aqui, garotas. Escolha da sorte — eu disse, segurando o primeiro saco de papel pardo cheio de produtos da Lurex. Claro, elas acharam que eu estava brincando, então dei uma sacudida na sacola. — Façam sua escolha. Temos preservativos; fluorescentes, que brilham no escuro e se tiverem sorte, extragrande. — Balancei as sobrancelhas. — Lubrificante com sabor?

Nenhuma das duas se mexeu.

— Ah, vamos — resmunguei. — Não me façam

dizer ao chefe da Lurex que eu não consigo nem mesmo dar o produto deles.

Com um revirar de olhos coletivo e um sorriso atrevido, as duas pegaram um punhado cada, sem nem olhar o que retiraram. Eu disse a elas:

— Tomem dois na hora de dormir e dois antes do café da manhã. — Eu as acompanhei até a porta e as vi rir durante todo o caminho até o carro.

E então éramos apenas Cameron e eu.

— Você é sempre tão direto? — Cameron perguntou, aparentemente não se divertindo.

— Sim. Você é sempre tão... cauteloso?

Cameron ficou quieto por um longo momento, e eu estava começando a me arrepender da pergunta. Então ele respondeu.

— Sim.

TRÊS
ESTOU... SEM PALAVRAS

61:03

CAMERON COMEÇOU A CATALOGAR PRODUTOS E MERCADOS-alvo com campanhas existentes contra os relatórios financeiros da Lurex, enquanto eu iniciava algumas pesquisas sobre a Lurex e nossos concorrentes. E, mais importante, pesquisa sobre aqueles com quem nos encontraríamos na manhã de segunda-feira.

59:28

O chefe de marketing da Lurex era um cara chamado Charles Makenna. Eu o rastreei, onde ele esteve e o que fez nos últimos anos. Se ele era o cara que iria nos contratar, eu precisava saber o máximo que pudesse a seu respeito; o que vestia, que carro dirigia, o que comia no café da manhã.

Cameron analisou esquemas de cores para design de produtos, levando em conta pesquisas de mercado com a divisão de arte da *Fletcher Advertising*, exposições de arte e até mesmo passarelas de moda. Se houvesse uma tendência de cor para a qual os compradores estivessem inclinados, ele a encontraria.

E estávamos fazendo um bom tempo.

58:47

Peguei duas cervejas, entreguei uma para Cameron, tirei as botas e levei o laptop para me sentar no chão encostado no sofá. Depois de mais alguns minutos pesquisando páginas da Internet, descobri um padrão muito interessante no momento em que Cameron resmungou sobre eu navegar na Internet e não fazer nada construtivo.

— Bingo! — exclamei.

— O quê?

— Acabei de encontrar nosso mercado-alvo.

— E?

— O sr. Charles Makenna, chefe de marketing da Lurex, o cara com quem nos encontraremos na segunda-feira, tem acumulado milhas aéreas com frequência. Todos os anos, nos últimos quatro anos, ele esteve em Sydney, na Austrália, em fevereiro, Chicago e Londres em junho, e Montreal, no Canadá, em agosto.

— E?

— É coincidência que ele tire férias anuais e faça viagens internacionais que coincidam com o Mardi Gras e a Parada do Orgulho? — Sorri vitoriosamente. — Acho que não. E olhe para essas fotos — apontei para cada uma — tem uma aliança de ouro em seu dedo anelar, mas a mulher que o acompanha sempre não tem. Porque o sr. Makenna é gay.

Cameron piscou. Três vezes.

Então ele olhou para mim. Seu rosto frio e resignado não revelava nada. Ele usava a máscara imperturbável de sempre.

— E você acha que devemos impulsionar o mercado gay?

— Com certeza.

Cameron engoliu em seco e se sentou no chão à minha frente, com os pés na minha coxa... seus pés muito, muitos longos... ele calçava quarenta e quatro pelo menos. Balancei a cabeça e forcei meus olhos se desviarem de seus pés para seu rosto. Quase podia ouvir as engrenagens girando em sua cabeça. Ele parecia tudo menos convencido.

Insisti.

— Podemos oferecer uma campanha gêmea. Mantendo a linha hétero, mas adicionando uma linha gay com conceitos correspondentes. Seja lá o que vamos colocar um casal hétero fazendo, teremos um casal gay fazendo exatamente a mesma coisa. Se pudermos mostrar a Makenna que acreditamos que não há diferença entre os dois casais, conquistaremos o respeito dele antes mesmo de abrirmos a boca.

Cameron inclinou a cabeça e então fez uma coisa super estranha. Ele sorriu.

— Nada mal.

— É brilhante, e você sabe disso.

Ele revirou os olhos.

— Você não se sente inseguro de si mesmo, não é?

— Por que se sentir inseguro? — questionei com sarcasmo, revirando os olhos para ele. — Quero dizer, quando comecei na *Fletcher Advertising*, foi um choque para mim não ser o melhor, ou o homem mais confiante e vaidoso de lá. — Olhei incisivamente para ele.

Seus olhos se arregalaram.

— Eu?

Assenti. Então ele disse:

— Melhor, confiante *e* vaidoso. Puxa, isso é um elogio ou um insulto?

— As duas coisas — eu disse e abri um sorriso. — Não foi difícil sentir inveja de Cameron Fletcher.

— Inveja? — Seus olhos se arregalaram e ele parecia genuinamente surpreso. O que era estranho, porque no trabalho ele era o rei da frieza, o homem calmo e controlado. Mas fora do trabalho, pelo que eu tinha visto, ele era o oposto.

— Caso não tenha notado, o que eu suspeito que você tenha, é que os homens que te conhecem querem ser *você*, e as mulheres que te conhecem, querem estar *com* você.

Cameron balançou a cabeça, dispensando a ideia. Ele zombou:

— E você não está bem na fita?

Agora foram meus olhos que se arregalaram.

— Eu?

Ele bufou.

— Você é quem você é. Sem desculpas. Isso requer coragem. E meu pai parece pensar que você é algo especial.

Ah, agora era a hora da verdade.

— É por isso que você não gosta de mim?

Seus olhos se arregalaram.

— O quê?

— Quando nos conhecemos — eu disse a ele, tentando agir casualmente, tomando um gole da cerveja. — Depois que me encontrei com você e seu pai, você olhou para mim como se eu tivesse feito algo para ofendê-lo pessoalmente.

Seu rosto se contorceu.

— Não é que eu não tivesse gostado de você — ele disse calmamente e limpou a garganta. — Eu estava com ciúmes.

Ciúmes?

— Hã?

Ele deu um sorriso triste.

— Você entrou naquela reunião, olhou meu pai diretamente nos olhos e disse: *sou gay, goste ou não*, como se fosse a coisa mais fácil do mundo.

— E?

Ele ficou quieto por um tempo, então deu de ombros.

— Deixa para lá.

— Fale logo, Cameron.

Ele engoliu em seco, e por um segundo pensei que ele não diria. Mas ele disse.

— Eu quis dizer essas mesmas palavras para ele há anos.

Sou gay, goste ou não.

Sou gay... goste... ou não...

Puta.

Merda.

— Você é...?

Seus olhos estavam grudados nas mãos inquietas, mas ele assentiu.

Puta. Merda.

E tudo ficou claro pra caramba; por que ele não gostava de mim. Espere, risque isso. Não é que não *gostasse* de mim. Ele estava com ciúme. De mim. Puta merda. Os olhares entre ele e Simona? Não havia história entre eles. Ela sabia.

— Simona sabe — eu disse baixinho.

Ele assentiu.

— Ninguém mais.

— Seus pais? Seu pai?

Ele balançou a cabeça com força, a tristeza clara em seu rosto.

— Não.

— Puta merda — foi tudo o que consegui dizer.

— E agora *você* sabe — ele sussurrou. — Eu apreciaria se você...

— Não vou contar a ninguém — prometo a ele. — Pela honra dos escoteiros — declarei, levando dois dedos à testa.

— São três dedos — ele murmurou.

Dei de ombros e ele sorriu. Eu não tinha certeza do que dizer...

— Então — me esquivei —, está saindo com alguém?

Ele bufou.

— Não. Não há um tempo. Ninguém sério de qualquer maneira. Houve um cara por um tempo... cerca de um ano, na verdade. — ele disse. — Seu nome era Liam.

Mas ele queria que eu saísse do armário, que estava cansado de se esconder. Não podia dizer que eu o culpava. Mas eu... eu simplesmente não podia.

Ficamos sentados em silêncio por um tempo, enquanto eu absorvia sua admissão.

Puta merda.

— Por que eu? Por que você me contou? — perguntei. — Não é como se fôssemos... — Tentei pensar na palavra certa. — Não é como se fôssemos próximos ou algo assim.

Ele ainda estava olhando para as mãos, mas eu podia ver suas sobrancelhas se encontrando enquanto ele franzia a testa. Sua voz era baixa, e eu quase não o ouvi.

— Achei que você entenderia.

Suas palavras me surpreenderam. Eu não conseguia pensar em uma única coisa para dizer. Bem, nada inteligente ou profundo de qualquer maneira.

— Gay?

Ele sorriu, vulnerável, e deu de ombros.

— Sim.

— Eu tinha certeza de que você era hétero.

— Sou muito bom em representar o papel — admitiu. — Sou eu, vendendo o invendável.

Invendável?

Ele respirou fundo e disse:

— Simona está me pressionando há meses... para falar com você. Mas eu não tinha ideia do que dizer, como abordar o assunto ou como você reagiria. No mínimo, eu achava que você riria de mim. O que, felizmente, você ainda não fez.

Eu estava, pela primeira vez na vida, sem palavras. Esse homem maravilhoso estava sentado na minha frente, expondo sua alma, e eu estava sem palavras.

Então, sem saber o que mais fazer, peguei seu pé e o puxei para o meu colo. Ele ficou surpreso com minhas ações, mas eu o olhei bem nos olhos enquanto tirava seu sapato e começava a massagear seu pé com meia. Ele olhou para mim, um tanto confuso, mas enquanto eu cravava os polegares na sola de seu pé, esfregando círculos nos arcos perfeitos, seus olhos logo se fecharam e ele gemeu.

— Cameron, eu nunca riria de você. Nunca — disse a ele com seriedade. — Não sobre algo assim.

Mas então olhei para o pé dele.

E eu ri.

Os olhos de Cameron se abriram, e ele olhou para mim, ofendido. Mas eu estava olhando para o pé dele, bem, para a meia dele.

— O que é isso na sua meia?

— Ah — ele suspirou com uma risada aliviada. — Hum, é o Charlie Brown.

Charlie Brown? Ele usa ternos de dois mil dólares e *meias de desenhos animados?*

— Será que vou querer saber quem está do outro lado?

Ele sorriu e levantou o outro pé, oferecendo-o para mim.

Tirei o sapato dele.

— Linus?

Ele sorriu e disse:

— Tive que comprar dois pares diferentes para ter um par com Charlie e Linus.

Balancei a cabeça para ele, mas comecei a massagear aquele pé também. Ele sorriu e fechou os olhos enquanto eu pressionava os polegares na planta do seu pé.

— Você tem polegares talentosos — ele disse com um gemido baixinho.

— Você não é a primeira pessoa a me dizer isso — respondi a ele, e sua sobrancelha levantou, embora seus olhos não abrissem.

Eu o observei enquanto ele simplesmente se permitia sentir, com os olhos fechados, a cabeça inclinada para trás e uma leve curva nos lábios. Com certeza, ele era algo para se olhar. Se alguém me dissesse naquela manhã que eu estaria sentado no chão da casa de Cameron Fletcher, massageando seus pés, teria achado que a pessoa tinha enlouquecido.

Ele abriu os olhos e olhou para mim.

— Bem — ele disse em tom casual. — Você sabe o meu segredo. Me conte algo sobre Lucas Hensley que ninguém sabe.

Oi.

Bem, merda.

Justo é justo, pensei. Respirei fundo.

— Eu, hum... eu tenho... uma queda por pés? — Minha incerteza fez soar como uma pergunta. Seus olhos se abriram, disparando do meu rosto para seus pés; um em minhas mãos, o outro descansando em meu colo.

— *Pés?* Sério? — ele perguntou com um sorriso.

Olhei para ele. Cameron sorriu, mas seus olhos eram calorosos, gentis.

— Posso parar de massagear os seus se isso for um problema... — eu parei, provocando.

Ele mexeu os dedos dos pés e riu.

— Sem problema.

Ele esticou o pé na minha mão, flexionando-o e mexeu os dedos. Então ele fez o mesmo com o pé na minha coxa. Eu não tinha certeza, mas acho que ele estava provocando.

Então segurei seu pé com as duas mãos e comecei a esfregá-lo em um movimento de bombeamento. Levou um momento para ele perceber, mas pude ver em seus olhos quando ele percebeu. Eles se alargaram, depois escureceram e, puta merda, acho que tivemos um momento.

Rápido demais, ele afastou os dois pés e limpou a garganta.

— Hum, está tarde — ele disse, olhando para o relógio.

Verifiquei meu relógio. Eram quase duas da manhã. Eu não tinha certeza se estar isolado com ele incluía passar a noite. Bocejei e perguntei:

— A que horas você quer que eu volte amanhã?

Ele piscou, se levantou e caminhou até a mesa.

— Hum, pode ficar aqui. Faz mais sentido. — Ele arrumou as pilhas de papelada e voltou a ser profissional. — Precisamos começar cedo. Vou programar o alarme para as seis.

Ele não disse muito, mas presumi que deveria fazer o mesmo.

— Você pode ficar com o quarto de hóspedes — ele falou, caminhando em direção à porta perto da escada.

Eu não tinha certeza se deveria ficar ou ir embora, mas as próximas cinquenta e sete horas e vinte e seis minutos seriam intensas o suficiente, sem adicionar falta de educação à mistura.

— Se você tem certeza — eu disse com um sorriso. — Isso seria ótimo. Arrumei uma mala para passar a noite. Está no meu carro.

Corri para o carro para pegá-lo e ele me esperou na porta. Enquanto eu entrava, ele apertou o interruptor de luz deixando o andar de baixo na escuridão, então não pude ter certeza, mas acho que ele sorriu antes de virar para o corredor. No andar de cima, me mostrou o banheiro e depois o quarto de hóspedes, e estava agindo de forma estranha. Eu era especialista em ler as pessoas e acho que estava testemunhando algo raramente visto... Cameron Fletcher, nervoso.

Ele caminhou em direção ao que presumi ser a porta de seu quarto e chamei:

— Cameron? — Ele se virou e eu disse a ele: — Só queria agradecer.

Sem uma palavra, ele levantou uma sobrancelha em questão.

Respondi com sinceridade:

— Por ser honesto comigo, por me dizer que você é gay. Foi preciso coragem. — Então perguntei a ele: — Você deve se sentir aliviado por alguém saber, não é?

Ele olhou para mim, honesto e vulnerável, mas sorriu e assentiu. Sem outra palavra, ele desapareceu em seu quarto.

Eu tirei a roupa íntima e me deitei na cama. Fiquei ali, pensando na anomalia que era Cameron Fletcher. Ele era gay! Como não percebi *isso?* Por um momento, considerei que meu *gaydar* poderia estar quebrado – já fazia um tempo, me dê um tempo. Mas logo percebi que nunca *o notei*. Na verdade, tudo o que vi foi o homem que ele queria que as pessoas vissem; o processo, as mulheres que o cercavam, as mulheres que tropeçavam em si mesmas para estar perto dele, as contas que ele fechava, os negócios que ele fazia.

Me perguntei se a competitividade entre nós diminuiria, agora que tínhamos nos unido um pouco. Talvez agora ele me visse mais como um aliado, ao invés de alguém com quem ele tinha que tentar competir.

Mas programei meu despertador para acordar dez minutos antes dele, só por precaução.

QUATRO
ESTOU SÓ... COMEÇANDO

52:00

Eram apenas seis da manhã quando acordei e percebi que não estava na minha cama. Então me lembrei... Cameron. Eu podia ouvir o chuveiro, então ou ele programou o alarme para acordar antes de mim ou não dormiu muito.

Eu nunca acordava de bom humor. Mas imaginando que poderia começar, desci as escadas em busca de cafeína e comecei a procurar nos armários da cozinha para ver se encontrava café. Cheirei os grãos moídos, peguei as xícaras, liguei a máquina e coloquei para esquentar.

Fosse por curiosidade ou necessidade de saber mais por trás do homem, embora eu dissesse que não iria fazer isso, verifiquei as fotos expostas na sala. Presumi que fossem principalmente fotos de família, talvez de alguns amigos, mas definitivamente não havia fotos de Cameron como casal.

Ele era gay. Caramba. De todas as coisas que eu esperava que saíssem de sua boca, essa não era uma delas.

Eu não fazia ideia. Não mesmo.

Mesmo à luz do dia, com cerca de quatro horas de sono, isso ainda mexia com minha cabeça. Eu via esse cara todos os dias no trabalho e nunca suspeitei que ele fosse qualquer coisa, além de hétero. A maneira como ele ria e sorria com as mulheres, como elas flertavam com ele. E esse tempo todo, ele estava vivendo uma mentira.

Eu certamente não o invejava por isso.

Ele estava fazendo o que fazia de melhor. Vendendo uma imagem.

Eu sentia algo diferente em relação a ele agora. Algo que não senti ontem quando fui trabalhar. E caramba... eu achava que podia ser respeito.

Quando Cameron desceu, entreguei a ele uma caneca de café quente. Ele tinha acabado de tomar banho, estava cheiroso e sua aparência era deliciosa, com o cabelo bagunçado de um jeito artístico que era sua marca registrada. Ele olhou para mim, surpreso com o gesto do café.

— Obrigado — disse baixinho, encostado na mesa de jantar, ao meu lado.

Dei um sorriso a ele, e então espiei seus pés. Ah, merda. Desviei os olhos das meias para seu rosto.

— Sério? Batman e Robin? *Sério*, Cameron?

Ele sorriu.

— Sério.

Santo fetiche por meias. Ri do meu pensamento bobo.

— Será que vou querer saber quais outros pares você tem? — perguntei. Ele riu baixinho, mas levantei a mão. — Não, espere. Acho que devo perguntar *por que* antes de *quais* — eu disse, olhando para ele com expectativa.

— Bem — ele disse, tomando seu café. — É a única coisa que realmente sou eu por baixo dos ternos caros e a fachada heterossexual.

— Meias gays?

Ele riu.

— As meias não são gays.

Eu discordava disso.

— Bem, não são heterossexuais.

— Você vai pensar que sou louco — ele disse, enquanto balançava a cabeça, sorrindo. — Mas todo mundo no trabalho vê o *Cameron Fletcher hétero* — disse. — Mas por baixo do que eles veem, por baixo dos ternos sérios e postura profissional, eu sei que estou usando...não estou explicando isso muito bem — ele riu. Então ele suspirou e começou de novo: — Eu as uso todos os dias para permanecer fiel a mim mesmo.

Isso me surpreendeu. Eu não esperava que houvesse uma razão tão significativa por trás das meias idiotas. Assenti e sorri para ele.

— Razão boa o suficiente.

Ele deu de ombros e tomou um gole de café.

Com a caneca na mão, voltei para a lareira com os porta-retratos.

— Quem é o casal?

— Meu irmão e a esposa.

— Quantos anos tem a foto?

— Cerca de seis meses — ele respondeu. — Por quê?

— Eles fariam uma sessão de fotos?

— Para?

— Preservativos.

Cameron se engasgou com o café.

Acho que foi um não.

Tentei novamente de qualquer maneira.

— Precisamos de um casal hétero para as provas. Hoje, Cameron.

Ele olhou para mim, depois para a foto e de volta para mim. Sua boca abriu e fechou, duas vezes.

Eu sorri.

— Apenas fotos do corpo, sem rostos. Ficarão irreconhecíveis.

Seus ombros caíram.

— Você tem alguma ideia de como ele vai tornar a minha vida difícil nos próximos doze meses?

Baixei a caneca de café.

— Mais difícil do que seu pai vai tornar se não fecharmos este contrato?

Foi um golpe baixo, e nós dois sabíamos disso. Ele fez careta para mim, mas eu tinha vencido. Ele sabia disso, porque suspirou em derrota.

— Se eles são o casal hétero, quem usaremos como casal gay? — ele perguntou categoricamente.

Abri um sorriso enorme para ele e balancei as sobrancelhas de forma sugestiva.

Ele era um homem inteligente, não demorou muito para descobrir isso. A caneca de café parou a meio caminho de sua boca aberta, e ele olhou para mim, sem piscar, imóvel, exceto pela contração no canto do olho.

Tentando não rir, falei:

— Vou tomar um banho rápido enquanto você liga para o seu irmão. — Quando cheguei à porta, me virei e perguntei: — Você tem uma câmera? Vamos precisar...

Não me incomodei em terminar a frase. Ele ainda não havia se mexido. Ou piscado. Ele provavelmente deveria colocar o café na mesa antes de deixá-lo cair.

E ele realmente deveria procurar um médico por causa daquela contração em seu olho.

48:00

Cameron suspirou ao telefone.

— Simona, tenho que ir. Eles estão aqui. Me deseje sorte. — Não tinha ideia do que Simona disse a ele, mas seus olhos encontraram os meus, e ele suspirou novamente antes de se despedir dela. A moça era uma boa assistente, eu daria isso a ela. Como minha Rachel; organizada, inteligente e parecia saber o que eu queria antes de pedir. Eu não falei com ela por muito tempo, prometendo que estávamos sendo bons meninos, jogando limpo e nos comportando. Ao me despedir, disse que ligaria se precisasse de alguma coisa.

Cameron abriu a porta e seus inocentes irmão e cunhada entraram, parando quando me viram. Cameron fez as apresentações,

— Ben, Ashley, este é o Lucas.

Sorri e os cumprimentei com a ponta do meu chapéu imaginário. Ben olhou para Cameron, um pouco confuso, mas Ashley olhou para mim e sorriu, aparentemente consciente. Ah, caramba, não. Ela achava que eu estava aqui com Cameron, tipo *com* ele. O que significava que Simona não era a única que sabia quais eram as preferências de Cameron.

— Lucas Hensley. Eu trabalho com o Cameron. — expliquei. — Na verdade, estamos trabalhando agora, e foi por isso que o Cameron ligou. A ideia foi minha.

Os dois me olharam. Achei que, se Cameron estava colocando o relacionamento com o irmão em risco, era melhor eu assumir a culpa.

— Estamos desesperados para encontrar um casal para uma sessão de fotos para a campanha de um produto.

Cameron entrou na conversa:

— Nosso pai marcou uma reunião para um contrato exclusivo e nos deu sessenta e cinco horas para executar uma campanha inteira.

Ben deu de ombros. Ashley deu a dica primeiro.

— Qual é o produto?

Eu a olhei diretamente nos olhos.

— Preservativos e lubrificantes.

Suas reações foram cômicas de se ver. Cameron quase sorriu com a reação deles. Até Ben se virar e olhar para o irmão.

— Que merda é essa?

Mas eu continuei falando.

— A Lurex está oferecendo um contrato de publicidade, e seu pai o quer. Estamos correndo para que isso seja feito e realmente valorizamos sua ajuda.

Ben olhou para mim e depois para Cameron.

— Ele está falando sério?

Cameron assentiu, mas percebi que não seria fácil. Percebi que minha melhor saída era Ashley. Se ela estivesse a bordo, Ben o faria. Eu olhei para ela.

— Fotos, apenas o torso, sem seios, sem rostos. Vocês dois terão a palavra final sobre as fotos escolhidas. Prometo que ninguém de fora desta sala saberá quem é. Discrição total. E será de bom gosto, vocês têm a minha palavra.

— O que vamos ganhar com isso? — ela perguntou.

— Ashley? — Ben gritou, olhando para ela com os olhos arregalados.

Mas respondi:

— Uma sensação agradável e calorosa por ajudar o Cameron e dois ingressos para a temporada dos Bears.

Ganhei os ingressos como parte de um acordo no mês passado... De qualquer forma, nunca gostei muito de futebol.

47:30

— Não acredito que estou fazendo isso — Ben resmungou.

— Não acredito que você está fazendo isso no meu quarto — Cameron resmungou.

— Ashley, levante a mão direita — instruí, olhando pelo visor da câmera.

Eles estavam na cama de Cameron, de joelhos, os dois sem camisa. Ben era bem constituído, forte e obviamente cuidava de seu corpo. Ashley era pequena. Eles não poderiam ser mais perfeitos.

Ben estava de costas para mim, e tudo o que eu podia ver de Ashley era seu braço, a lateral de seu quadril e seus longos cabelos loiros. Perfeição.

Tirei algumas fotos. O braço de Ben ou o cabelo de Ashley escondia as alças do sutiã, dando a impressão de nudez. Havia fotos da frente de Ben, com as pontas dos dedos de Ashley deslizando no cós da calça jeans, as mãos enormes de Ben na cintura fina de sua esposa e uma visão por trás de Ashley, com a cabeça inclinada para trás e os braços de Ben em volta dela.

Eu até consegui tirar algumas fotos de seus pés. E isso me deu uma ideia.

— Certo, Ben — gritei. — Pode colocar a camisa de volta.

Entreguei a blusa a Ashley, mas pedi que ela não tirasse a calça jeans.

— Preciso de seus pés, por favor.

Eu os fiz ficar de pé, abraçados. Os pés masculinos de Ben alinhados com a bainha de sua calça jeans enquanto Ashley tinha um pé entre os do marido, o outro apoiado em cima do dele. As unhas dos pés pintadas eram perfeitamente femininas em contraste.

Então tirei fotos deles deitados, com os pés delicados de Ashley entrelaçados com os de Ben.

Cameron ficou na porta, aparentemente desconfortável com toda a ideia.

O irmão dele reclamou:

— Por que temos que ficar só de roupa íntima se você só quer fotos dos nossos pés?

— Ah — eu disse com um sorriso. — Porque vocês têm pés lindos.

Ben olhou para Ashley e a cutucou.

— Ouviu, querida? Você tem pés lindos.

Mudando as configurações da câmera de Cameron, olhei para ele e ri.

— Ah, sim, a Ashley também.

Demorou um longo segundo, mas Ben ficou boquiaberto, Ashley riu e eu olhei para a porta para ver a reação de Cameron, mas ele já estava descendo as escadas.

46:20

Cameron e Ben estavam na cozinha pedindo o almoço. Cameron ia pagar, então a lista de pedidos de Ben era longa.

Ashley e eu estávamos sentados à mesa de jantar.

— Você é muito bom — ela falou, enquanto percorríamos as fotos digitais. — Eu gosto desta... e daquela... — ela estava selecionando suas fotos favoritas que poderíamos usar. Ela tinha um bom olho para os detalhes e gostei das que ela escolheu. — As fotos dos pés são ótimas — ela disse. — Elas realmente mostram um casal sendo íntimo, mas sem entrar em detalhes.

Eu sorri.

— Isso é exatamente o que eu quero mostrar.

— Muito inteligente — ela disse com um sorriso.

Expliquei:

— Já participei de sessões de fotos e vi campanhas publicitárias suficientes para saber o que funciona, mas não sou fotógrafo. Vou ter que editá-las antes de fazer qualquer coisa.

Ben deixou a decisão para a esposa e Ashley aprovou quinze fotos ao todo. Coloquei um pendrive no laptop enquanto explicava em detalhes o que faria com as fotos pelas próximas oito ou mais horas. Quando acabou de salvar, entreguei a ela.

— Aqui — eu disse. — Uma cópia de todas as fotos. Faça o que quiser com elas. — Pisquei e ela riu.

— Então, você e o Cameron passam um pouco de tempo juntos...? — ela perguntou baixinho, em tom sugestivo.

Sim. Ela sabia.

— Só no trabalho — eu disse. — E mesmo assim, não muito. Esta campanha — eu disse, apontando para os arquivos na mesa ao nosso lado —, é a única coisa sobre a qual conversamos.

— Mas você é gay, certo? — ela perguntou baixinho, com um sorriso.

— Sou, sim.

Ela assentiu.

— Eu imaginei.

Sorrindo, levantei a sobrancelha em questão, e ela explicou:

— Eu estava seminua, no andar de cima, em um quarto com você, e posso garantir, não era a mim que você estava observando.

Eu ri e assenti.

— Verdade. Seu marido é um cara bonito.

— Assim como meu cunhado — ela disse em tom presunçoso. — Você não acha?

Revirei os olhos.

— Ele não é *bonito* — corrigi. — Ele é lindo.

Ela abriu um sorriso triste.

— Gostaria que ele saísse mais. Ele precisa de alguém, sabe? Está sozinho há muito tempo. Tudo o que ele faz é trabalhar.

— Bem, nossos empregos não deixam muito tempo para uma vida social. — Olhei para aquela porcaria de relógio de contagem regressiva. — Nós dois estaremos trabalhando nas próximas 46 horas para fazer isso.

Então ela olhou em volta para se certificar de que Cameron e Ben ainda estavam fora do alcance da voz. Ela sussurrou:

— Você não pode levá-lo para sair? Leve-o a um bar, embebede-o, encontre algum estranho alto, moreno e bonito para ele... — então ela me olhou de cima a baixo e corrigiu: — ou algum loiro, alto, do sul...?

Eu ri. Mas tinha que admitir, era uma ótima ideia.

CINCO
EU... NÃO ESTOU BÊBADO O SUFICIENTE

39h20 (QUE EQUIVALIA A 20h40 DA NOITE DE SÁBADO)

— Cameron — falei *de novo*, enquanto vasculhava seu guarda-roupa. — Nós vamos fazer isso.

Seus lábios se franziram em uma linha fina, e ele bufou. Ele queria, eu poderia dizer. Mas estava assustado pra caramba. Não que ele fosse admitir isso.

Mudei minha abordagem.

— É estritamente para o trabalho. Pense nisso como marketing de produto; grupo de foco, pesquisa de alvo. Não precisamos ficar muito tempo.

Eu podia ver o desejo guerreando com a reserva em seus olhos, mas ele não ia ceder. Jesus, ele era difícil de convencer.

Peguei uma camisa e suspirei.

— Tudo bem, Cameron — eu disse, sem paciência. — Sinta-se à vontade para ficar. Mas estou com a cabeça nessa merda de conta há mais de vinte e quatro horas seguidas. Vou ficar vesgo de tanto olhar para aquela porcaria de tela de computador editando aquelas fotos.

Vou sair — eu disse, não deixando espaço para discussão. — Existem pelo menos dois ou três clubes gays e, com sorte, vários homens prestes a serem derrotados.

Tirei a camiseta pela cabeça e joguei na cama. Segurei sua camisa, fingindo dar uma olhada, mas na verdade, estava dando a ele bastante tempo para me olhar sem camisa. Esperei até que seus olhos fossem do meu peito para o meu rosto antes de sorrir. Ele desviou o olhar, como se não gostasse do que via, mas um leve rubor o delatou. Sorrindo, vesti a camisa que estava segurando. Era uma das de Cameron.

Ele limpou a garganta.

— Essa camisa é de academia — ele me informou.

Ah, por favor. Era uma camisa justa, preta e sem mangas, que mostrava perfeitamente meus peitorais e bíceps e provavelmente custava mais que a maioria das pessoas ganha em um dia. Eu sorri para ele.

— Com um pouco de sorte, não vou usá-la por muito tempo.

Ele engoliu em seco e piscou, e eu sabia que quase o peguei.

Passei por ele, desci as escadas, calcei as botas e peguei o primeiro saco de produtos da Lurex. Dei uma piscada para Cameron.

— Apenas para fins de pesquisa, é claro.

Ele cerrou os dentes e suas narinas dilataram. Acho que era seu olhar irritado, mas o que quer que fosse, era sexy pra caramba. Ele rosnou:

— Eu irei se estivermos em casa a meia-noite.

— Duas — respondi.

— Uma.

— Certo.

Ele bufou, mas subiu os degraus de dois em dois e voltou meio minuto depois. Estava vestindo calça jeans e camiseta cinza escuro. Não era nada extraordinário, mas vê-lo vestido com algo diferente de camisa de botão era especial.

Especialmente uma que o abraçava da maneira certa.

Obviamente fui pego olhando.

— O quê? — ele perguntou, na defensiva. — Eu malho.

— Posso ver — respondi, desviando os olhos de sua cabeça para seus pés. Bem, para suas meias... suas meias multicoloridas listradas da Vila Sésamo...

— Bert e Ernie? *Sério?* Pelo amor de Deus e de Armani, preciso comprar meias para vocês.

Ele abriu um sorriso espetacular.

— Não reclame das meias. — Depois calçou os mocassins e se levantou. — Vamos sair de lá à uma da manhã, isso é apenas para fins de pesquisa e *sem* bebida.

37:15

— Dois uísques puros, por favor — pedi no bar e entreguei um a Cameron.

Ele revirou os olhos, mas aceitou. Era o terceiro, e acho que ele estava um pouco bêbado. Ele parecia uma criança em uma loja de doces desde que entramos, olhando para todos os tipos de *doces* que podia. E estavam olhando para ele também... bem, mais como o comendo com os olhos.

Não poderia dizer que os culpava. Ele chamava atenção. Seu rosto esculpido, seu cabelo bagunçado... ele nem precisava fazer nada. Era lindo pra caramba.

Ele estava tão nervoso quando chegamos, que quase se escondeu atrás de mim, como se fosse ser visto por alguém que o reconheceria.

— Vamos, Cameron — falei baixinho. — Você tem a desculpa perfeita para finalmente ir a uma boate, beber, dançar um pouco... isso é totalmente relacionado ao trabalho. Estamos aqui estritamente a negócios.

Ele revirou os olhos e exalou alto, mas pelo menos consegui que ele passasse pela porta.

Mostrei ao segurança o que tinha na sacola. O cara grande e corpulento olhou para o saco de preservativos e depois para nós.

— Um pouco ambicioso, não?

Dei a ele uma piscada e o cumprimentei com a ponta do meu chapéu imaginário.

— *Nunca* confundo minhas ambições com minhas capacidades.

Ele sorriu, balançou a cabeça para mim e acenou para que passássemos. Isso foi há cerca de uma hora.

Cameron tinha tomado alguns drinques. Eu poderia dizer que ele queria dançar, mas não tinha coragem de sair para a pista de dança em um mar de todos aqueles homens sozinho. O lugar ainda não estava muito cheio. Precisava esperar mais um pouco...

Então decidi fazer algumas perguntas. Não era de todo ruim que eu tivesse que me inclinar bem perto para que ele pudesse me ouvir.

— Você já saiu para uma boate com... qual é o nome dele? — Eu me lembrava do nome do cara, Liam, mas agir como se o ex fosse esquecível parecia uma boa ideia.

Cameron franziu a testa e balançou a cabeça.

— Não... ele queria...

Jesus.

— *Vocês saíam*? Para jantar ou pegar um cinema?

Ele engoliu o uísque, bebendo-o. Eu podia sentir o cheiro em sua respiração.

— Não. A menos que fosse fora da cidade.

Caramba.

— É de se admirar que ele tenha me deixado? — ele perguntou alto no meu ouvido, falando sobre a música.

Eu esperava que fosse uma pergunta retórica, porque com certeza não queria responder. Em vez disso, eu perguntei:

— Mas passar todo esse tempo dentro de casa também teve seus benefícios, certo?

Ele bufou para mim, mas me deu um meio sorriso.

— Sim, acho que sim.

Eu ri.

— Tenho certeza de que sim. Então — eu disse, olhando ao redor da multidão —, vê alguém com quem gostaria de passar algum tempo dentro de casa?

Ele franziu a testa novamente.

— Pensei que estivéssemos aqui para trabalhar — Cameron disse. E ele percebeu, ao mesmo tempo que eu, o quanto estávamos próximos, quase nos tocando... quase. E ele deu um passo para trás, se afastando de mim, colocando alguma distância entre nós.

O clube estava começando a se encher, alguns caras totalmente vestidos, outros não. Fingi olhar a pista, mas na verdade estava apenas observando Cameron, quando um cara se aproximou dele e o convidou para dançar. Ele não era feio, parecia um pouco com *Onde está Wally?*. E eu estava dividido. Deveria intervir? Diria que esse cara não era digno de levar para cama ou deveria deixar Cameron ir com ele?

Antes que eu pudesse comentar, Cameron disse a coisa mais surpreendente:

— Eu meio que estou aqui com alguém.

Estou meio que estou aqui com alguém.

Eu.

Ele estava meio que aqui comigo.

Nem tentei impedir meu sorriso. *Onde está Wally* desapareceu no meio da multidão, o que foi engraçado após três uísques, e eu ri.

— O quê? — ele questionou.

Inclinei a cabeça para o lado e o olhei.

— Se você está aqui comigo, então vai dançar comigo.

— *Nããão*, eu não posso — ele disse, balançando a cabeça.

— Pode sim — falei. Me aproximei e, quando meu rosto estava a apenas um centímetro do seu, eu disse: — Não há nada que você não possa fazer.

E nós tivemos mais um daqueles momentos. Ali. Ele me encarou, sério, mas de um jeito meio promissor, e eu o encarei de volta.

Ele engoliu em seco e desviou o olhar.

— Talvez outra bebida...?

Eu sorri.

— Claro.

Desta vez, quando ele me entregou a bebida, peguei com a mão direita e coloquei a esquerda em suas costas. Me inclinando, bem de perto, falei em seu ouvido.

— Trabalho primeiro. Depois dançaremos.

— O que você tem em mente? — ele perguntou. Eu podia sentir o calor de sua respiração na pele do meu pescoço.

— Proximidade, dança lenta, movimentos de quadris, mãos errantes.

Eu podia senti-lo paralisar. Depois de dois segundos, ele disse:

— Eu quis dizer com trabalho. O que você tem em mente com relação ao trabalho?

Me afastei um pouco para poder ver seu rosto e sorri.

— Ah, isso...

Ele desviou o olhar, mas os cantos de seus lábios se curvaram enquanto ele tentava não sorrir.

Terminei a bebida em um gole e esperei que Cameron fizesse o mesmo antes de pegar sua mão, puxando-o para o meio da multidão em direção ao palco para o camarote do DJ.

Subi no palco, mas Cameron não fez o mesmo. Eu me virei e olhei para ele, que me encarou, um tanto confuso.

— O que *é que* você pensa que está fazendo?

Sorri e pisquei para ele, então me inclinei e acenei para o DJ. Coloquei meu charme sulista em jogo, pisquei e pontuei cada elogio com covinhas. Também pedi cinco minutos de tempo. Entreguei a ele alguns produtos da Lurex, joguei um anel peniano e ele parou a música.

Bem desse jeito.

Todos os homens na pista de dança e no bar se viraram e nos encararam. Era isso.

Agora ou nunca.

— Boa noite, rapazes — comecei. — Vocês ajudariam um garoto sulista esta noite? Preciso de uma pequena assistência.

Houve algumas palavras sobre exatamente como alguns gostariam de me *ajudar*, de uma forma gratificante. Isso me fez sorrir e rir timidamente, tudo para exibição, é claro.

— Primeiro — eu disse em voz alta —, preciso do meu parceiro no crime aqui comigo. — Apontei para Cameron, que parecia uma mistura entre mortificado e lívido. Me aproximei, estendi a mão para ele e disse: — O homem mais sexy do salão, por favor, pode trazer essa bunda sexy até aqui?

Ele segurou minha mao, murmurou algo como "mas que merda estou fazendo", mas subiu no palco para ficar ao meu lado. E o povo aplaudiu e assoviou mais.

Cameron sussurrou e gritou em meu ouvido:

— Você me deve uma.

— Comece a gravar — sibilei para ele.

E ele o fez. Ele tirou o telefone do bolso, configurou a câmera e começou a filmar.

Eu me virei para a multidão.

— Muito bem, rapazes, tenho algumas perguntas bem rápidas. — Enfiei a mão no saco de preservativos e lubrificante, tirei uma amostra aleatória e mostrei para todos verem. — Produtos Lurex padrão... todos vocês já viram. Todos já usaram. Quero saber o que vocês *não* gostam neles.

Silêncio. Total silêncio.

Merda.

Eles precisavam de alguma proteção.

— Querem saber o que *eu* odeio na embalagem padrão do produto?

Desta vez foi um silêncio concentrado. Eles estavam ouvindo, pelo menos.

— Odeio que cada casal em pacotes de camisinha sejam héteros.

Silêncio. De novo.

Então alguém o quebrou.

— Isso aí! — algum cara gritou. Então entreguei a ele uma camisinha. Então os outros começaram a gritar coisas e, a cada vez, eu distribuía um punhado de pacotes de preservativos e amostras de lubrificante.

— Sim, não quero fotos de mulheres no meu quarto.

— Sim, onde estão as fotos de dois caras?

— Por que as empresas não usam fotos de dois homens em seus preservativos?

— Porque nenhuma empresa tem coragem de fazer isso, esse é o motivo!

Perfeito. Mas eu precisava controlar a direção dessa pesquisa.

— Quanto dinheiro por semana você gastaria com esses produtos?

— Dez dólares.

— Quinze.

— Vinte.

— Cinquenta!

— Mentiroso.

— Eu sou um empreendedor! — o cara se defendeu.

— Aqui! — eu o chamei, segurando uma variedade de pacotes. — Em nome da assistência financeira e do sexo seguro, por favor, pegue alguns.

E assim foram as perguntas e respostas improvisadas, tudo gravado. Fiz perguntas até que não houvesse mais preservativos ou lubrificante. Não naquela sacola, de qualquer maneira.

Lemos essas estatísticas centenas de vezes, as vimos em preto e branco em todos os arquivos da Lurex que memorizamos nas últimas vinte e quatro horas.

Mas ouvi-los da fonte foi cru, não editado e um pouco brilhante.

Agradeci à multidão por seu tempo e paciência, cumprimentei a todos com meu chapéu imaginário e pedi ao Sr. DJ que, por favor, fizesse os meninos bonitos dançarem.

Foi então que olhei para Cameron. Ele estava sorrindo e olhando diretamente para mim. Mesmo no início do *tuntz, tuntz, tuntz* da batida da música, eu podia ouvir o que ele dizia. — Aquilo foi...

— Brilhante? — perguntei.

Ele sorriu e balançou a cabeça.

— Eu ia dizer que foi um prazer assistir.

Puta merda. Acho que Cameron Fletcher acabou de me elogiar. Ou isso, ou ele flertou comigo. Bem, seja o que for, me fez sorrir.

O tipo de sorriso com duas covinhas.

Havia muito que eu poderia ter dito ou insinuado, mas me conformei em me inclinar bem perto de seu ouvido. Eu disse a ele:

— Primeiro, vamos beber. — Eu me afastei para poder olhar em seus olhos. Nossos rostos estavam próximos, seus olhos estavam escuros.

Eu sorri.

— Depois, vamos dançar.

SEIS

EU SOU... VERSÁTIL

40: ...ALGO HORAS... EU NÃO TINHA IDEIA DE QUE HORAS eram. Com cinco uísques e um Cameron bêbado isso não me importava muito.

— Por que não filmamos outros caras? — Cameron perguntou alto no meu ouvido, falando sobre a música. Ele estava nervoso, tentando escapar de dançar comigo. Mas ele não podia me enganar.

Ele queria. Ele não estava protestando *demais*.

Estava lá, em seus olhos; brilhante e perspicaz, nadando em meio a cinco doses de uísque. Me inclinei para falar em seu ouvido.

— Porque não tenho um aviso legal à mão. Não quero que nos processem na semana que vem, e *não vamos* pagá-los. — Fiquei para trás, sorrindo para ele, e falei alto o suficiente para que ele pudesse me ouvir. — E estou sem camisinhas grátis!

Quando o barman me deu a rodada número seis, pedi mais uma. Me virei para dar a bebida a Cameron, que brincou com o copo, e bebi o meu de uma só vez.

Coloquei o vazio de volta no bar e Cameron estava me observando, meu rosto, minhas mãos. Ele estava me examinando seriamente, e isso me deixou mais feliz do que deveria.

Sorrindo, dei de ombros para ele.

— Agora, beba! Temos trabalho a fazer.

Ele tomou a bebida, apertando os olhos quando queimou e, quando ele reabriu os olhos, estavam lentos e lânguidos. Eu não bebia muito e, pelo que pude perceber, Cameron bebia ainda menos. Senti um zumbido inebriante, o salão era uma bela massa de cor, som e homens.

Mas acho que Cameron estava um pouco mais do que embriagado.

Ele tinha um sorriso preguiçoso e um olhar distante nos olhos. E acho que ele passou de bonito para fofo.

Ele poderia ser os dois?

Ele riu, e isso foi um "sim" definitivo. Ele era definitivamente lindo *e* fofo.

— Você está bem aí? — perguntei a ele, incapaz de evitar sorrir. Ele sorriu de volta para mim e assentiu. — O que é tão engraçado?

Ele riu novamente e balançou a cabeça.

— Não acredito que estou aqui — ele disse. — Com você.

Comigo. Isso foi uma coisa estranha para adicionar.

— Algo errado em estar aqui? *Comigo?*

Ele balançou sua cabeça.

— De jeito nenhum — ele respondeu. — Eu só jamais imaginei que estaria.

Eu meio que tinha me esquecido de que estar em um clube gay cheio de homens seminus era raro para ele.

— Então teremos que voltar — eu disse. — Depois que este negócio com a Lurex for fechado, você e eu sairemos novamente.

Ele engoliu em seco, assentiu e então sorriu. Eu não sabia dizer se era um sorriso inseguro do tipo *acho que não* ou um sorriso tímido do tipo *acho que eu gostaria*. E eu não fazia ideia de qual eu queria que fosse. Queria socializar com um cara que, até ontem, eu nem gostava? Queria que voltássemos a ser como éramos? Sem falar, ignorando um ao outro, ou eu queria conhecer esse cara?

Eu tinha certeza de que sabia que era o último. E quando eu disse *conhecer esse cara*, queria dizer conhecê-lo muito, *muito* bem...

— Aqui — acrescentei, entregando a ele sua outra bebida, antes que meu cérebro pensativo fugisse de mim. Peguei a minha e, antes que Cameron tomasse um gole da sua, eu a terminei. Sim, eu pagaria amanhã, mas lidaria com isso então. Amanhã.

Eu precisava passar por esta noite primeiro.

Olhei para os caras ao nosso redor, procurando alguém que parecesse confiável o suficiente. E eu o encontrei... ou melhor, a ela. Eu a chamei e ela se aproximou de onde estávamos.

— Oi garota linda — usei meu sotaque texano. — Você se importaria de ajudar um garoto sulista em perigo?

— Ah, doçura — ela falou em tom dramático, colocando a mão sobre o coração. — O que uma garota *pode fazer para ajudar?*

Olhei para Cameron e desejei poder tirar uma foto. Foi inestimável. Ele estava olhando para a drag queen, quase boquiaberto. Ele piscou, em seguida piscou novamente.

— Lucas e Cameron — eu disse, fazendo as apresentações.

Ao que ela respondeu em tom extravagante:

— Ellie Tzar. — Sua pele escura era destacada por seu penteado rosa bufante e que combinava com sombra, batom e vestido de lantejoulas. Ela era fantástica.

— Bem, Ellie Tzar — continuei, puxando Cameron para mais perto. — Meu amigo aqui e eu precisamos de alguém para nos filmar dançando.

Isso chamou a atenção de Cameron. Ele parou de olhar boquiaberto para a mulher ao nosso lado e agora estava olhando boquiaberto para mim.

Olhei para Ellie e disse a ela:

— Veja, estamos tentando divulgar o orgulho no mundo comercial da publicidade. Achamos que é hora de o mundo real ver o nosso verdadeiro lado — eu disse, acenando com a mão para o clube dos homens. — Apenas algumas imagens brutas neste telefone aqui, bem na pista de dança. Quinze minutos do seu tempo?

Ellie assentiu com entusiasmo, dando um breve discurso sobre como já era hora de alguém se posicionar contra gigantes corporativos e que éramos corajosos em tentar.

Não me incomodei em dizer que havia uma linha tênue entre corajoso e louco e, às dez e quinze da manhã de segunda-feira, eu não tinha certeza de que lado da linha estaríamos.

Toquei meu chapéu imaginário.

— Querida, ficaríamos muito gratos.

Ela sorriu toda tímida, piscou os cílios postiços e disse:

— Bem, quem pode recusar algo para um cavalheiro como você?

Veja, vendendo gelo para esquimós. Realmente, foi o que nasci para fazer.

Tirei a camisa e enfiei no bolso de trás.

Eeeeee Cameron voltou a ficar boquiaberto. Olhando para mim, meu peito, meu estômago. Olhei para baixo enquanto esfregava a mão sobre o abdômen, em seguida olhei diretamente para Cameron.

— Gosta do que está vendo?

Ele não respondeu com palavras, mas pude vê-lo engolir em seco. E isso foi resposta suficiente.

— Quer saber como é?

Cameron olhou para mim, depois de volta para a pista de dança.

— Vamos — sorri para ele. — Eu quero ver Bert e Ernie em ação.

Ele olhou em volta, depois para mim, claramente confuso.

— Quem?

Sorrindo, expliquei:

— Suas meias.

O reconhecimento cintilou em seus olhos, e ele riu, aliviado, acho. Ele realmente deveria relaxar e rir mais, porque ele era lindo pra caramba.

Havia pequenas linhas de riso no canto de seus olhos e na borda de seus lábios rosados quando ele sorria. Uma coisa que seis doses de uísque me disseram foi que Cameron Fletcher redefinia a boa aparência.

Michelangelo não poderia ter sonhado com essa merda.

Achei que esta era a minha única chance de tocar esta estátua de David da vida real. Pedi a Ellie que me seguisse e segurei a mão de Cameron. Nos conduzi para a pista de dança lotada, e nem olhei para ver se ele se opunha. Eu sabia que ele não iria.

Ele queria isso.

Quando nos aventuramos longe o suficiente na massa oscilante de corpos, me virei e Cameron basicamente correu para mim. Segurei sua cintura e o puxei contra mim. Sua boca se abriu, mas mantive o olhar, esperando que ele me dissesse não.

Claro que ele não fez isso.

Sorri para ele e passei a mão em seu estômago, arrastando os dedos até seu quadril. Quando enfiei os dedos no bolso da calça jeans, seus olhos se arregalaram.

— O que você está fazendo?

Ele parou, meio aliviado, meio desapontado, quando peguei seu telefone. Claro, eu poderia ter usado o meu, mas não teria desculpa para enfiar a mão no bolso de Cameron.

— Estou tentado Cameron, mas precisamos disso — eu disse, segurando seu telefone. Configurei a câmera e entreguei a Ellie. Ela estava perto o suficiente para que qualquer o que quer que filmasse conseguiria mostrar a pista de dança lotada atrás de nós. Eu queria que não fosse ensaiado, não coreografado.

Olhei para Ellie e com as mãos indiquei que não deveria haver foco nas cabeças, apenas tronco e quadris. Ela assentiu em compreensão e gritou:

— Ação, rapazes.

Então foi isso.

Sem tirar os olhos dele, lentamente coloquei um pé entre os dele. Minhas mãos seguraram seus quadris e pressionei nossos corpos juntos. Seus olhos estavam arregalados, e eu estava esperando por um lampejo de hesitação ou arrependimento para me dizer para parar. Mas não havia nenhum.

Suas narinas dilataram e sua respiração ofegou. E, sem palavras, ele me disse para continuar.

Então comecei a me mexer.

Me movi contra ele ao ritmo da música. Eu o segurei, nos movendo. Eu estava ciente da filmagem de Ellie, se movendo ao nosso redor, mas eu estava focado no homem em meus braços. Pude sentir o momento em que ele se rendeu; ele relaxou, se moveu com mais fluidez e segurou a lateral do meu corpo. Mantive meu rosto em seu pescoço e orelha, respirando no cabelo em sua nuca.

Eu podia senti-lo. Tudo dele. Seu peito, abdômen, o pau coberto pelo jeans, suas coxas e mãos em mim.

Não sou vai mentir. Parecia bom demais.

Parecia... ótimo.

Eu sabia que ele podia sentir meu pau endurecendo. Deveria ter me chocado, ou pelo menos me lembrado, de que eu trabalhava com esse homem. Teria de enfrentá-lo à luz sóbria do dia. Mas isso não aconteceu.

Eu queria que ele me sentisse.

Queria que ele soubesse que eu gostei.

Ansiava que ele soubesse o que estava fazendo comigo.

Então ele moveu as mãos. Passou uma pela minha cintura para segurar meu quadril. Bem quando pensei que ele estava prestes a me parar, sua outra mão desceu para minhas costas e ele me puxou para mais perto dele.

Acho que gemi.

Sei que estremeci.

Sei disso porque ele riu da minha reação. O som fez cócegas em meu pescoço e seu peito vibrou contra o meu. Só para poder observar seu rosto – observar sua reação – inclinei a cabeça para trás para olhar para ele enquanto passava a mão por suas costas e bati em sua bunda.

Então *ele* gemeu.

E *ele* estremeceu.

E fui eu quem riu.

Não tenho certeza de quantas músicas dançamos assim... Nos esfregando, balançando. Jogando.

E eu tinha quase me esquecido de que estávamos gravando.

Ele respirou em minha pele, suas mãos me seguraram, o osso do seu quadril provocava meu pau. A música era alta e atraente, o calor de seu corpo, de outros homens, o consumia. O balanço da pista de dança nos agitou. Eu podia sentir a batida do baixo em meu peito.

Eu também podia senti-lo. Ah, merda, eu poderia senti-lo.

Seus longos dedos me agarraram, suas mãos eram seguras e exigentes. Ele moveu os quadris, balançando comigo, e quando pressionou o corpo contra mim, precisando de fricção, pude sentir como ele estava excitado.

Me virei em seus braços e esfreguei a bunda contra sua ereção. Seus dedos apertaram meus quadris. Sua pele estava tão quente, e seu peito se expandia contra o meu a cada respiração que ele dava. Inclinei a cabeça para trás em seu ombro e ele gemeu em meu ouvido:

— Hummmm. — Ele esfregou seu pau contra a minha bunda. — Não achou que gostaria disso?

Eu sorri para sua pergunta implícita. Ele queria saber se eu era ativo ou passivo. Rindo, me virei em seus braços, unindo nossos quadris e disse a ele:

— Eu sou versátil.

Ele fechou os olhos e gemeu. Juro que pude sentir seu pau se contorcer.

Meus sentidos entorpecidos por Johnnie Walker não perderam nada.

Infelizmente, o Sr. Walker também tirou palavras da minha boca sem serem filtradas primeiro.

— Puta merda — gemi. — Você é tão gostoso.

Suas mãos pararam em mim, apenas uma fração, e seu ritmo vacilou. Então inclinei o rosto para trás e olhei em seus olhos. Estavam ligeiramente arregalados de surpresa e vulnerabilidade, mas escuros e profundos de desejo.

— É verdade — disse a ele. Revirei os olhos de brincadeira. — Como se você não soubesse.

Ele piscou, e eu percebi que era uma possibilidade distinta que ele realmente não sabia como os outros homens o viam. Balancei a cabeça e o virei para que suas costas estivessem pressionadas contra meu peito nu e sua bunda contra meu pau. Falei em seu ouvido:

— Olhe em volta, Cameron. Todos os olhos estão em você.

Ele o fez, e pôde ver como olhavam para ele, como desejavam estar dançando com ele, como desejavam que suas mãos estivessem sobre eles.

Eu me inclinei e meus lábios roçaram sua orelha enquanto eu falava.

— Ah, como eles gostariam de ser eu.

Eu o girei novamente para que eu pudesse olhá-lo. Suas bochechas estavam tingidas com um tom de rosa que fazia seus lábios entreabertos parecerem vermelhos. Então, puta merda, ele deslizou a no lábio inferior.

Eu gemi. alto.

— Ah, caramba — eu disse, desviando o olhar. — Não faça isso.

Então ele mordeu o lábio inferior. Ele estava tentando me matar? Fechei os olhos, a imagem queimando em meu cérebro. Eu ainda estava unido pelo quadril a ele. Eu podia sentir como ele estava reagindo ao dançar comigo. Com certeza *absoluta* ele podia sentir o quanto meu pau estava duro.

Segurei seu queixo e soltei seu lábio com o polegar.

Me perguntei se ele sabia o quanto eu estava de beijá-lo ali mesmo.

Eu queria beijá-lo. Queria sentir seus lábios contra os meus. Queria sua língua na minha boca. Ansiava por sentir, queria saber qual era o gosto dele. Precisava saber.

Precisava sentir seus lábios, sua língua...

eu precisava... eu precisava...

...fazer o meu trabalho.

Afastando as mãos dele, respirei fundo e dei um passo para trás. Ellie entregou a Cameron o telefone.

— Vocês podem dançar para mim a qualquer hora — ela gemeu, abanando o rosto dramaticamente com a mão. — Agora, preciso encontrar um homem para apagar este incêndio. — Ela soprou um beijo para nós dois e se afastou.

Antes que Cameron pudesse falar, eu o levei para fora da pista de dança para um canto mais silencioso. De frente para ele, me inclinei e reajustei minha ereção, e Cameron não conseguiu disfarçar a surpresa com minha flagrante admissão de estar excitado.

Dei de ombros.

— Você estava me matando lá. — Acenei em direção à pista de dança.

Olhei de forma incisiva para sua virilha... ou mais

importante, a protuberância muito evidente em seu jeans.

— Te matando também, hein?

Certo, então *isso* fez seu queixo cair.

— Vamos. — Sorri para ele, levando-o para a saída. — A porra do relógio que você tem em casa está correndo sem a gente.

SETE
ESTOU... FICANDO LOUCO

ELE ESTAVA QUIETO NO TÁXI, INDO DO CLUBE PARA SUA casa, mas estava com aquele sorriso induzido pelo uísque. Nós dois estávamos no banco de trás e fiquei grato pela pequena distância entre nós. O ar fresco parecia ter clareado meu cérebro embaçado por Cameron.

E o ar fresco parecia ter atingido Cameron com força. Quem podia imaginar que ar fresco misturado com seis ou sete doses de bebida tornava pernas bambas ainda mais bambas? Ele oscilou e caiu contra mim, e tive que ajudá-lo a entrar no táxi.

Agora ele estava sorrindo e rindo.

— O que é tão engraçado? — perguntei.

— Nada. — Ele riu.

Puta merda. Cameron Fletcher riu.

- Me diga.

— Hum-hum — ele balançou a cabeça, tentou ver a

hora em seu relógio. Ele apertou os olhos e levou o pulso ao rosto. — Que horas são?

— Tarde — disse a ele. — Ou cedo, melhor dizendo. Hora de irmos para a cama.

Seus olhos arregalados ficaram ainda maiores quando ele sorriu e se inclinou para mim.

— Sério? É mesmo?

— Você sabe o que eu quero dizer.

— Você não deveria dizer coisas assim — ele falou arrastado. — Já faz um tempo para mim.

Puta merda.

Agora eram meus olhos que estavam arregalados e meu sorriso ainda maior, mas o taxista nos interrompeu.

— Ei! Chegamos.

Paguei a corrida ao taxista e ajudei Cameron a sair do carro. Ele provavelmente poderia ter saído sozinho, mas então eu não teria uma desculpa para colocar o braço em volta de sua cintura. E ele não teria desculpa para me abraçar.

Tropeçamos em direção aos degraus da varanda.

— Você está bem aí, campeão? — perguntei.

Cameron parou de andar.

— Campeão? Que espécie de apelido é esse?

— Como você gostaria que eu te chamasse? — perguntei. — Atleta, companheiro, amigo, cara...

Ele se endireitou e cutucou meu peito.

— Você pode me chamar de o melhor que você jamais teve.

Ele riu da minha expressão e tirou uma chave do bolso. Peguei da mão dele, imaginando que teria mais chances de conseguir destrancar a porta, e o ajudei a subir as escadas. Eu o encostei na porta e me aproximei mais do que poderia ser considerado educado.

— O melhor, é? — perguntei, com o rosto a um centímetro do dele.

Ele riu e assentiu, enquanto seu sorriso morria. Ele olhou para mim com *aquele* olhar, abri a porta e ele quase caiu lá dentro. Eu o peguei antes que caísse no chão, chutei a porta da frente e ajudei Cameron a entrar na sala. Empurrei-o para o sofá e arrastei a mesa de centro. Sentado nela, rapidamente tirei os sapatos e meias antes de pegar o pé direito de Cameron e tirar o seu.

Ele olhou para mim. Não disse uma única palavra. Apenas levantou a perna esquerda e a deixou cair na minha coxa, então tirei o sapato também.

E ele estava me observando. Sua cabeça estava apoiada no encosto do sofá, seus olhos estavam fixos em meu rosto. Lentamente, ele sorriu.

Evitando seu olhar, olhei para baixo, para as meias listradas da Vila Sésamo. Droga de Bert e Ernie.

Enganchei os dedos sob o topo da meia e a puxei também.

— Desculpe Bert, você tem que ir. — E então fiz o mesmo com o outro pé. — Você também, Ernie. Divirtam-se na lavagem, rapazes.

Isso fez Cameron rir.

E, claro, ele mexeu os pés para que eu olhasse para eles.

Puta merda.

Longos, claros e sem pelos. Bela estrutura óssea, arcos impecáveis, os dedos dos pés eram perfeitos.

Bom Deus, ele tinha dedos perfeitos.

Tive que umedecer os lábios e engolir em seco, porque de repente minha boca ficou seca.

— Gostaria de um momento a sós com eles? — Cameron perguntou, tentando não rir. Cretino engraçado.

Me levantei, deixando seus pés apoiados sobre a mesa de centro, então me inclinei e o empurrei até que ele estivesse deitado de costas. Ele ofegou quando passei as mãos sobre seus quadris até encontrar o que estava procurando. Enfiei a mão no bolso e tirei seu telefone.

Segurando-o, peguei sua mão e o puxei de volta para a posição sentada.

— O que você achou que eu estava procurando, Cameron? — perguntei em tom sugestivo. Virei o telefone e olhei em seus olhos escuros. — Deixe meu pé em paz, de qualquer maneira — disse a ele — e eu deixarei sua meia em paz.

Ele riu e eu me sentei ao seu lado.

Só que eu não apenas sentei ao seu *lado*. Eu me aconcheguei nele, bem perto, deitando a cabeça em seu peito, e empurrei os pés contra os dele. Meu pé esquerdo cutucou o direito dele, e meu direito descansou em cima do dele.

Cameron paralisou, sem saber o que fazer. Foi um pouco estranho, certo. Mas foi muito bom, também.

Peguei o telefone e tirei algumas fotos dos nossos pés. Movi os meus um pouco, tentando obter ângulos diferentes, mas deixando bem claro que eram dois homens em uma posição íntima, mas não sexual, apenas abraçados no sofá.

Muito limitado para fotos nesta posição, me levantei e arrastei Cameron para a cozinha comigo. Eu poderia dizer que a bebedeira estava começando a diminuir e a fadiga estava tomando seu lugar.

— Só mais algumas — eu disse, sabendo que ele não gostaria de estar tão perto de mim à luz do dia.

Empurrei-o contra o balcão da cozinha e entrei entre suas pernas. O ângulo não estava tão bom, mas a mudança de posição sim, para algumas fotos pelo menos. Cameron estava com as mãos nos meus quadris e encostou a testa no meu ombro. Eu podia sentir o calor de sua respiração na minha pele e, por um longo momento, esqueci o telefone na minha mão. Tudo o que eu conseguia pensar era nele.

No quanto ele estava perto.

Como era estar com ele.

No seu cheiro.

Eu precisava dominar nesse desejo, nessa necessidade. Estava aqui para fazer um trabalho...

Mas estava em sua cozinha, depois de uma noite de bebidas e dança, pressionando meus quadris nos seus, querendo fazer muito mais.

Muito. Mais.

Cameron percebeu que eu parei de tirar fotos e ergueu a cabeça do meu ombro para me encarar. Sabia que ele via o que eu não queria que visse. Ele podia ver. Podia sentir isso. Eu sabia que podia.

Eu o queria.

Não apenas *queria*.

Estava começando a *gostar* de verdade ele.

Puta merda.

Ele umedeceu os lábios e se inclinou para frente, e percebi que ele estava prestes a me beijar. E entrei em pânico.

Eu queria. Caramba, como eu queria. Mas precisávamos nos concentrar no trabalho.

Antes que seus lábios encontrassem os meus, sussurrei:

— Vire-se.

Ele fechou os olhos e engoliu em seco, mas conseguiu. Lentamente, ele se virou, então ele ficou de frente para o balcão, e sua bunda coberta pelo jeans estava na frente do meu pau. Envolvi a mão livre ao redor de sua cintura e o puxei de volta para mim.

Ah, caramba.

De alguma forma, consegui tirar algumas fotos dos nossos pés. Bem, acho que sim. Pelo menos, eu esperava que tivesse conseguido. Ele gemeu e eu empurrei seu ombro para baixo na bancada da cozinha.

Não pude evitar. Empurrei contra ele quase rudemente, então seus calcanhares deixaram o chão quando ele se inclinou para frente na ponta dos pés. Com meus pés entre os dele nessas fotos, não havia como confundir nossa posição.

Cameron gemeu no balcão da cozinha.

— Ah, merda.

Coloquei o telefone no balcão ao lado dele e segurei o topo de seus ombros, puxando-o para cima. Sussurrei contra sua nuca:

— Não me tente.

Ele se moveu tão rápido que mal o vi, mas ele se virou para mim e com duas mãos fortes e em dois passos largos, me empurrou contra a geladeira. Seu peito arfava, seus olhos estavam escuros e selvagens. Eu podia sentir toda a sua frente contra a minha.

Ele estava duro.

Eu também.

Seus olhos se desviaram dos meus para meus lábios, e eu sabia que era isso. Ele ia me beijar.

E eu ia deixar.

Ele deve ter visto o consentimento em meu olhar porque seus lábios cobriram os meus. Macio, quente e úmido, seus lábios se abriam e fechavam. Não foi um primeiro beijo casto.

Ele era exigente, urgente, e minha boca se abriu para prová-lo, para sentir sua língua, para bebê-lo.

Puta merda.

Johnnie Walker e Cameron Fletcher.

Sua língua invadiu minha boca e todos os pensamentos coerentes foram substituídos por flashes de calor em minhas veias e arrepios.

Minhas mãos seguraram seu rosto, e eu podia sentir sua mandíbula se mover, abrindo e fechando, enquanto nos beijávamos. Algo em meu cérebro estava me dizendo para parar com isso.

Mas em vez de afastar sua boca, minhas mãos o seguraram com mais força.

Em vez de dizer a ele que não deveríamos estar fazendo isso, os únicos sons que consegui fazer foram gemidos.

Em vez de resistir, em vez de parar esse beijo, esse beijo delicioso, eu o beijei com mais força.

Ele gemeu, e ali mesmo, na cozinha, contra a geladeira, eu o quis. Queria senti-lo pulsar na minha mão, na minha boca. Queria provar o suor dele. Seu sêmen. Queria transar com ele. Queria que ele me comesse.

Passei as mãos por seu peito, costelas, quadris, e o puxei com força para mim, empurrando nossos paus um contra o outro. Afastei a boca da sua, para respirar e dizer o que eu queria.

— Pare.

A palavra, embora apenas um sopro, soou alta e definida.

E quando ele se afastou, com os olhos baixos, percebi que a palavra veio de mim.

Ele se afastou, os lábios inchados, a respiração irregular e rejeição escrita claramente em seu rosto.

— Cameron — eu disse, tentando recuperar o fôlego.

Ele levantou a mão para me impedir e balançou a cabeça, dando mais um passo para longe de mim.

— Não.

Rapidamente diminuí a distância entre nós e segurei seu braço. Ele pensou que eu o havia rejeitado. Ele estava ferido. Eu o havia machucado.

— Olhe para mim — eu disse. Ele olhou, mas seus olhos estavam cautelosos e defensivos. Peguei sua mão e a segurei contra minha ereção. — Sente isso?

Seus olhos se arregalaram, mas ele ofegou e assentiu.

— Sente o que você faz comigo? — perguntei. —

Você tem que saber, Cameron, eu *quero*... mas não assim. Não bêbado, às três da manhã. — Balancei a cabeça de forma incisiva para a outra sala. — E não com a porra do relógio correndo atrás de nós. Precisamos fazer esse trabalho. Precisamos nos concentrar nisso.

E achei que ele entendeu.

— Falei sério hoje à noite — eu disse a ele. — Quando este contrato estiver fechado, sairemos novamente. Quando não estivermos trabalhando, faremos isso direito.

Seu rosto se desfez. Ele olhou para baixo, mas assentiu.

Toquei seu rosto e meu gesto o fez olhar para mim. Me inclinei e beijei sua bochecha.

— Vá para a cama. Vou terminar aqui.

Ele sorriu, se virou e saiu. Eu podia ouvi-lo subir as escadas, e então fiquei sozinho.

Eu tinha acabado de recusar Cameron Fletcher.

Eu tinha acabado de recusar o Cameron Gostoso Fletcher.

Meu pau estava *doendo*, e tive um desejo ímpio de bater minha cabeça na bancada da cozinha. Talvez a privação do sono e o excesso de trabalho tenham levado à porra da sanidade, porque Lucas Hensley não recusava homens como Cameron Fletcher.

Exceto que acabei de fazer isso.

Apagando as luzes, subi as escadas, me arrastei para a cama e tentei não pensar no que isso significava.

OITO
ESTOU... CONFUSO PRA CARAMBA

Não dormi. De forma alguma. Nem uma piscadela.

Normalmente, alguns drinques me fazem apagar. Mas não esta noite. Ignorei meu protesto de tesão. Meu próprio pau me odiava porque recusei Cameron Fletcher.

Merda.

Eu ainda não sabia por que nos impediu. Eu sabia, *eu sabia*, que estávamos a cerca de dois minutos de arrancar as roupas e começar. Mas eu tive que dizer pare.

A dor em minhas bolas foi minha recompensa. Não me incomodei em me masturbar. Apreciei o desconforto maçante porque me serviu bem.

Que merda eu estava pensando?

Bem, eu sabia o que estava pensando... queria passar um tempo com Cameron. Queria fazer isso corretamente, não ser apenas uma transa rápida que ele iria se arrepender depois. Estava pensando que estava começando a gostar dele.

A noção me fez gemer.

Que merda eu estava pensando?

Era de Cameron Fletcher que eu estava falando aqui. O homem com quem trabalhava, que tinha gelo nas veias. Ele era frio, distante e condescendente.

Exceto que não era.

Não o cara com quem passei as últimas trinta e poucas horas. O cara que era inteligente, engraçado e tinha uma queda por meias de desenhos animados. O cara que era gay, sexy pra caramba, e com quem quase transei na cozinha porque eu o queria.

Sim, aquele cara.

O cara que ainda estava no armário.

Ele.

Aquele em quem eu não conseguia parar de pensar.

Merda.

Jogando as cobertas para trás, coloquei a calça jeans e camisa. Eram quatro e meia da manhã e, se eu não estava dormindo, era melhor trabalhar um pouco. Encontrei *Tylenol* no banheiro para dor de cabeça, desci as escadas, ajustei o botão da máquina de café para *faça essa merda logo* e fiz uma bebida forte o suficiente para acordar os mortos.

Me sentei em uma cadeira à mesa de jantar, peguei o telefone de Cameron e meu laptop, e comecei a trabalhar. Primeiro, foi no meu vídeo fazendo perguntas e com as respostas improvisadas da multidão na boate, usando suprimentos da Lurex como isca. Foi difícil, mas real.

Eu queria que não fosse editado.

Queria que a Lurex ouvisse o que homens gays de

verdade queriam, não uma pesquisa de pessoas dizendo a outras pessoas o que elas achavam que queriam ouvir.

Carreguei o vídeo no meu computador, salvando-a exatamente como estava. Precisaria de edição, limpeza, mas não muito.

O próximo vídeo era de nós dançando.

Salvei o arquivo em meu laptop primeiro e, sinceramente, estava nervoso em assisti-lo. Esperava usar imagens estáticas como fotografias, para coincidir – ou fazer um paralelo – com as fotos de Ashley e Ben. Dois casais em posições íntimas, mas sem dar preferência a um em detrimento do outro.

Nós representaríamos os dois casais como iguais.

Porque eles eram.

Exceto que o casal na pista de dança não era realmente um casal. Era eu e Cameron. Eu não tinha ideia de como estava o vídeo, mas estava nervoso por nos ver juntos. Estava com medo de... gostar.

Exalei alto e balancei a cabeça cansada. E, por alguma razão, me virei para olhar o relógio de contagem regressiva de Cameron. Puta merda.

29:12

Estávamos reduzidos a vinte e nove horas.

De repente, eu não me importava com o nervosismo. Acabei de apertar o play.

E nos assisti. Ellie, nossa extraordinária cinegrafista, fez um bom trabalho. Ela conseguiu não pegar rosto inteiro como instruí, mas ela se virou um pouco rápido demais ou passou por nós rápido demais. Mas isso era fácil de consertar. Eu poderia diminuir a velocidade, quadro a quadro, se necessário.

A pista de dança estava mais escura do que eu me lembrava, e as luzes estroboscópicas e o barulho faziam minha cabeça latejar. Baixei o som e ajustei o contraste da tela para minimizar as luzes que queimavam a retina.

E vi dois corpos dançarem e se esfregarem; um sem camisa, outro com camiseta justa.

Observei mãos errantes e dedos apertando a pele. Vi como dedos finos roçaram o cós da calça jeans de cintura baixa, e observei como mãos familiares se fecharam na parte de trás da camiseta. Vi quadris se esfregarem e balançarem, e estômagos pressionados juntos.

Então os corpos mudam de posição. Ainda se movendo, balançando, dançando, mas agora o peito nu pressionado contra a parte de trás da camiseta cinza justa. Mãos grandes enroladas com dedos bem abertos esfregando os lados do abdômen.

Minhas mãos.

Em Cameron.

Assim. Agarrando, segurando, tocando as pontas dos dedos em seu estômago, e meu pau pressionado contra sua bunda, meu peito contra suas costas.

Puta merda.

Eu não estava assistindo a um casal aleatório e anônimo. Eu estava nos assistindo.

E éramos gostosos pra cacete.

Então trocamos de posição. Eu não me lembrava

dele atrás de mim assim, mas lá estava no vídeo, diante dos meus olhos. Seus quadris contra minha bunda, seu peito contra minhas costas. Dedos longos e pálidos desciam de minhas costelas até minhas coxas, as mãos de Cameron, em meu corpo. Ah, isso mesmo... quando estávamos parados assim foi quando ele sussurrou em meu ouvido. Foi quando ele basicamente me perguntou se eu era ativo ou passivo...

Eu podia ver no vídeo o quanto eu estava duro. Havia uma enorme protuberância no meu jeans do tamanho do meu estado normal. Caramba, eu sabia que ele tinha me deixado duro na pista de dança, mas ver isso... E então, como se ver isso na tela me fizesse perceber, fiquei ciente da dor em meu pau. Puta merda, só de nos assistir, eu estava ficando duro.

Precisava me concentrar. Não poderia arriscar este contrato porque a porra do meu pau não queria se comportar. Eu poderia passar o resto da semana me masturbando se quisesse, e provavelmente o faria, mas aqui e agora, eu precisava fazer isso.

Terminei o café e peguei outro, deliberadamente sem pensar no meu pau. Pensei em como o Sr. Fletcher ficaria chateado – ou pior, desapontado – se não fechássemos esse acordo. Pensei em como *eu* ficaria desapontado se não fechássemos esse contrato, e pude sentir a dor se dissipar. O que isso significaria para o meu trabalho...

Meu pau também não gostou da ideia de fracasso.

Mesmo enquanto eu assistia ao vídeo de nós dois dançando mais duas vezes, meu pau se comportou. Perdi o foco de me ver com Cameron e me concentrei em fotos, ângulos e o que poderia ser corrigido digital-mente e o que não poderia. Cortei, transformei o vídeo em fotos, assim como fiz com as fotos de Ashley e Ben ontem.

Graças a Deus pela era digital.

Mas então, *olhei* para as fotos que tirei de Cameron e dos meus pés. Não havia meias, sua pele nua estava na minha; seus pés perfeitos na mesa de centro, minhas pernas sobre as dele, nossos pés juntos.

Eles eram lindos pra cacete.

Encarei nossos pés parados, tomando meu tempo com cada foto. Até chegar nas fotos de nós na cozinha...

Puta.

Merda.

Eram duas fotos, o ângulo estava um pouco torto, mas me tiraram o fôlego. E deixou meu pau duro. De novo.

Eu estava obviamente atrás de Cameron, seus pés voltados para o armário da cozinha, bem abertos, com os meus entre os dele. Ele estava na ponta dos pés, os calcanhares fora do chão, e meus joelhos ligeiramente dobrados, empurrando para cima.

Se estivéssemos nus e transando, eu estaria dentro dele por completo. Estaria estocando, alcançando ângulos para fazê-lo gemer, enquanto o inclinava sobre o balcão da cozinha, comendo sua bunda...

Mas não estávamos nus.

Ajustei meu pau e o segurei para aliviar a pressão, mas isso só piorou.

Então fiz de novo, enquanto verificava como seus pés ficavam comigo de pé entre eles. E segurei meu pau novamente, incapaz de desviar o olhar de como os arcos de seus pés eram perfeitos, como seus dedos estavam dobrados e ele flexionava tão lindamente... como... ah, merda.

Eu não poderia simplesmente bater uma sentado na sala de jantar da casa de Cameron. Isso seria simplesmente desagradável.

Mas gemi, sabendo que esta ereção não seria ignorada. Verifiquei a hora no estúpido relógio de Cameron.

27:30

Estava cansado demais para descobrir o que era aquilo em tempo real. Então tirei a camisa e joguei na porra do relógio, e verifiquei a hora em seu telefone.

6:30 DA MANHÃ. Perfeito.

Hora do banho.

Assim que a água quente caiu sobre minha cabeça, levei a mão ao meu pau. Não foram os ladrilhos que vi, ah, não. As imagens quando fechei os olhos eram de Cameron, balcões de cozinha, pés, sua bunda nua e meu pau enterrado profundamente dentro dele.

E não era o gel de banho escorregadio que usei como lubrificante para me masturbar que parecia escorregadio e apertado. Era a bunda de Cameron enquanto eu o comia, penetrando cada centímetro, muito duro. Seus dedos estavam brancos enquanto ele segurava, e eu estocava meu pau nele. Ele estava curvado sobre o banco da ilha, gemia e grunhia, e sua bunda apertava meu pau quando ele gozou...

Forte. Gozei com tanta força que meus joelhos quase

cederam. As imagens em minha mente do gozo de Cameron me fizeram estremecer enquanto minha mão apertava as últimas gotas do meu pau. Eu ainda podia vê-lo, em minha mente, como ele se contorcia debaixo de mim, alcançando seu clímax com o meu, seu corpo longo e musculoso, suado e ondulando de prazer. Meu pau mole e pesado se contraiu uma última vez em minha mão.

Percebi os sons da água e o calor dela na minha pele quando meus sentidos voltaram para mim. Minhas pálpebras estavam pesadas, mas abri os olhos. Estava exausto. Meu orgasmo me deixou cansado. Cansado, mas relaxado, e se eu tivesse que passar o dia inteiro trabalhando perto de Cameron, era bom eu ter me masturbado.

Me enxuguei, enrolei a toalha na cintura e saí do banheiro. A porta do quarto de Cameron estava ligeiramente aberta e tentei não espiar lá dentro. Mas é claro que não pude evitar, então o fiz.

Ele estava deitado de bruços, com os braços levantados, debaixo do travesseiro. Eu não podia ver seu rosto, apenas a parte de trás de sua cabeça, mas ele ainda estava dormindo. Ele provavelmente ficaria chateado comigo por deixá-lo dormir. Na verdade, ele provavelmente não falaria comigo depois que parei nossa transa na cozinha.

Eu não tinha ideia de como ele reagiria a mim na luz do dia ou como seria estranho entre nós. Deixei Cameron dormindo, me vesti e desci, imaginando como seria nosso dia. Tínhamos cerca de vinte e sete horas restantes e se ele não falasse comigo, seriam vinte e sete longas horas.

Me perguntei quanto tempo mais eu deveria deixá-lo dormir, quando seu telefone tocou.

Eu não poderia atender. Mas *poderia* olhar para o identificador de chamadas.

Mãe.

Deixei o telefone tocar, imaginando que sua mãe deixaria uma mensagem e ele poderia ligar de volta quando acordasse. Mas então uma mensagem apareceu na tela.

Estamos pegando o café da manhã. Estarei aí em 10 min.

Eu li, e depois li de novo.

Estamos pegando o café da manhã.

Estamos... como em *nós estamos...*

Merda.

Sra. Fletcher *e* sr. Fletcher.

O pai de Cameron, meu chefe, estaria aqui em dez malditos minutos.

Joguei o telefone dele na mesa e corri escada acima, direto para o quarto.

— Cameron!

Ele se virou e olhou para cima, assustado.

— O quê? Hã? — Seus olhos levaram um momento para focar em mim, e sua cabeça caiu para trás no travesseiro com um gemido. — ...minha cabeça.

Eu ri.

— Você não tem tempo para ficar de ressaca — eu disse a ele. — Sua mãe e seu pai estarão aqui em nove minutos.

Ele enterrou o rosto no travesseiro.

— Humm.

Arranquei o travesseiro de seu rosto e puxei o cobertor até a cintura. Peguei um vislumbre da cueca, então como ele não estava nu, agarrei sua mão e o puxei para fora da cama, em direção ao banheiro.

— Que merda você está fazendo? — ele protestou.

Eu o arrastei para o banheiro.

— Seu pai está vindo para verificar a campanha. Você precisa pelo menos parecer vivo. — Me virei, liguei o chuveiro, então me virei de volta e olhei para ele.

Cameron. De cueca.

Seu torso esculpido, abdômen definido e cueca preta, que contrastava perfeitamente com a pele clara. Eu podia ver o contorno pesado de seu pênis através do tecido escuro...

Puta. Merda.

Nem tentei esconder a cobiça. Ele esfregou as mãos no rosto e, quando abriu os olhos, olhou para mim.

- Terminou de olhar?
- Não mesmo.

Ele olhou para mim, uma mistura de ressaca, divertido e irritado.

— Sete minutos...

— Ah, vou precisar de mais tempo com você...

Sua boca se abriu. Então ele acrescentou:

— Eu quis dizer até meu pai chegar aqui.

Ah, certo. Sorri para ele.

— Você só tem cinco minutos para tomar banho, se

vestir e descer as escadas. — Eu disse a ele. — Não faça a barba. A barba por fazer fica bem em você. — Era verdade, combinava com ele. Cheguei à porta e me virei para acrescentar: — E nada de se masturbar. Você não tem tempo.

Ele semicerrou os olhos.

— Já terminou?

— Ah, terminei de me masturbar no banho cerca de uma hora atrás.

E lá estava eu, pensando que ia ser estranho entre nós.

Sorrindo, deixei-o boquiaberto e desci para me preparar para o chefe.

NOVE

ESTOU... COM O PAVIO CURTO, TEMPERAMENTO QUENTE E CANSADO PRA CARAMBA

27:12

QUANDO OS PAIS DE CAMERON CHEGARAM, EU JÁ TINHA arrumado a maior parte da bagunça. Peguei nossos sapatos de onde os deixamos ontem à noite e joguei Bert e Ernie na lavanderia. Arrumei as pilhas de documento sem atrapalhar nossa ordem, mas fiz com que parecesse mais organizado, e coloquei a máquina de café para funcionar novamente.

Quando a campainha tocou, abri a porta e fiquei bastante surpreso com o que vi. Era o sr. Fletcher e uma mulher, que presumi ser a mãe de Cameron, sendo que o terno Armani e a gravata desapareceram. O chefe usava calça cáqui e camisa polo, sorria e segurava uma caixa.

Ele conversou enquanto entrava, indo direto para a cozinha, me contando como Cynthia insistia em comer os doces favoritos de Cameron no café da manhã, apesar de ter que atravessar a cidade para buscá-los. Ela repreendeu o marido com gentileza, sorrindo para mim enquanto o fazia.

O sr. Fletcher era um homem diferente. Quero dizer, era o mesmo homem, só que não. O que havia com os homens Fletcher e suas personalidades corporativas?

— Lucas, gostaria que você conhecesse a mãe do Cameron, minha esposa, Cynthia — sr. Fletcher disse em tom caloroso.

— Bom dia, senhora — eu disse, tirando meu chapéu imaginário, e a sra. Fletcher sorriu para mim.

Comecei a servir cafés assim que Cameron entrou na cozinha. Ele sorriu para o pai e beijou a bochecha da mãe. Sabendo que sua cabeça provavelmente o estava matando, entreguei um café a ele. Olhei para seus pés, porque bem, eu sempre olhava para os pés das pessoas, e ele estava descalço.

Olhei de seus pés perfeitos para o rosto igualmente perfeito e sorri. Ele sorriu de volta para mim. Foi um sorrisinho, talvez provocador, talvez agradecido, mas quando seu pai perguntou algo a ele, vi que a sra. Fletcher estava olhando para a troca entre seu filho e eu. Ela sorriu para mim com conhecimento em seus olhos.

Ela sabia.

Ela sabia. Ashley sabia. Simona sabia. Os únicos que não sabiam eram o irmão e o pai de Cameron.

Os homens.

Querendo desviar sua atenção, perguntei:

— Café, sra. Fletcher?

— Ah, sim, querido, por favor. E Lucas, por favor, me chame de Cynthia.

Sorri para ela.

— Desculpe, senhora, mas minha mãe pegaria o primeiro avião para Chicago para me dar uns tapas se eu chamasse uma senhora pelo nome de batismo.

Ela riu, e notei então que o sr. Fletcher e Cameron estavam nos observando. O pai estava sorrindo, e o filho estava um pouco perplexo, acho que por eu estar fazendo sua mãe rir.

Entreguei o café a um sorridente sr. Fletcher e ofereci açúcar e creme à esposa dele. Ela, por sua vez, nos ofereceu a seleção de doces que trouxeram consigo.

E então o sr. Fletcher fez a pergunta de vinte milhões de dólares.

— Então, o que vocês vão levar para a Lurex?

Olhei para Cameron e pude ver que ele estava paralisado. Porque, ao contar ao pai o caminho que estávamos tomando, ao mostrar as fotos que tiramos e vídeos que fizemos, na forma em que estava agora, ele estaria mostrando mais do que nossa campanha.

Ele estaria saindo do armário.

Então respondi por ele.

— Se estiver tudo bem para você, Cameron, prefiro não dizer agora.

Os dois homens olharam para mim; Cameron ficou aliviado, seu pai surpreso e curioso. Eu não queria irritar o sr. Fletcher ou minar sua inteligência, então expliquei:

— No momento, é um produto não editado e bruto, e não quero que você pense que não estamos dentro do cronograma. Estamos, mas ainda precisamos lapidar.

O sr. Fletcher franziu a testa.

— Existe algo que eu possa fazer para ajudar?

— Sim. — Assenti enquanto tomava um gole do café. — Vamos precisar de acesso ao departamento de arte e gráficos no escritório central por volta das quatro da tarde.

— Certo — ele assentiu, sério. — Sem problema. Posso organizar isso. — Ele parecia mais feliz agora que estava contribuindo com algo. — Vocês parecem cansados. O dia está bonito, devemos nos sentar do lado de fora para que vocês possam pegar um pouco de sol.

Com isso, pegamos nossos cafés e doces, e saímos para o pátio dos fundos. Eu nem sabia que tinha um pátio. Ao me sentar ao ar livre, tive que admitir, o sol era bom. Inclinei a cabeça para trás e o sol em meu rosto aqueceu minha pele.

A voz do sr. Fletcher me impediu de adormecer.

— Saudades do sol do Texas?

Abri os olhos com relutância e olhei para ele.

— Humm, às vezes — admiti, meio sonolento.

— Jesus, Lucas — o pai de Cameron bufou. — Você dormiu?

Eu sorri.

— Não, ontem à noite, não.

Cameron olhou para mim. Olhei para o pai dele e expliquei:

— Tenho muito em que pensar. — De forma deliberada, não olhei para Cameron, embora pudesse sentir seus olhos em mim, e terminei o café. — Posso dormir amanhã, depois da reunião.

A sra. Fletcher estalou a língua para mim, assim como minha mãe fazia, e o sr. Fletcher semicerrou os olhos para mim, depois para o filho.

— Cameron, certifique-se de que ele durma *um pouco*. Coloque-o na cama você mesmo, se for preciso.

Cameron tossiu, quase se engasgando com o bagel, e murmurou algo que não consegui entender.

A sra. Fletcher mudou de assunto, salvando seu filho de mais constrangimento.

— O Tobias me disse que é um grande contrato...

Sorri e assenti, e ela pressionou o assunto:

— Diga-me, o que meu querido marido conseguiu para vocês dois trabalharem o fim de semana todo? Lurex, não é?

Respondi a ela com honestidade.

— Sim, senhora. Preservativos e lubrificante... ah, lubrificação pessoal, senhora.

Cameron arregalou os olhos e olhou para mim. A sra. Fletcher se inclinou e deu um tapinha em seu braço.

— Está tudo bem, Cameron. Preservativos ou flocos de milho, é apenas outro produto.

Ele revirou os olhos.

— Sei disso, mãe.

— Então, me diga — ela continuou, tomando seu café com um sorriso. — Como *você* pesquisa os produtos deles?

Sorri para ela, mas Cameron respondeu primeiro.

— Em primeiro lugar, analisamos os mercados, tendências, porcentagens de vendas, pesquisa de alvo... você sabe, preservativos ou flocos de milho, é tudo a mesma coisa, apenas mais um produto.

Ela olhou para ele, que sorriu para ela e ela riu. O sr. Fletcher balançou a cabeça para eles.

O sorriso da mãe de Cameron desapareceu.

— Exceto que não comer flocos de milho, ao contrário de usar preservativos, não vai mudar o curso de sua vida — ela falou em voz baixa e depois explicou: — Eu faço trabalho voluntário em uma casa de apoio para pessoas que têm HIV... Às vezes não custa o preço de uma camisinha. Às vezes custa muito mais.

O sr. Fletcher começou a falar sobre o financiamento para casa de férias, mas eu não estava prestando muita atenção. Estava olhando para Cameron. Pude ver sua expressão *de estou pensando*, mas tudo que pude fazer foi tentar não bocejar. Me levantei, agradeci aos pais de Cameron pelo café da manhã, citando a necessidade de voltar ao trabalho, mas na verdade, o calor do sol estava me fazendo dormir.

De volta para dentro, me servi de outro café, tentando me manter acordado. Cameron conversou com os pais por alguns minutos e, pouco depois, eles entraram para se despedir. Quando a sra. Fletcher disse que era um prazer me conhecer, tirei meu chapéu invisível e disse a ela:

— O prazer foi meu, senhora.

Ela sorriu com o gesto, Cameron revirou os olhos para mim e o sr. Fletcher sorriu.

Quando os pais de Cameron foram embora, ele foi direto para a cozinha.

— Você não dormiu nada? Trabalhou a noite *toda*? — Eu não poderia dizer se ele estava chateado ou preocupado.

Balancei a cabeça para ele.

— Não, eu *tentei* dormir. Estava um pouco distraído com nosso encontro em sua cozinha.

— Oh. — Ele suspirou e passou as mãos pelos cabelos, se encostando no balcão ao meu lado. Antes que eu pudesse me preocupar que as coisas pudessem ficar estranhas entre nós, ele suspirou novamente. — Obrigado.

Olhei para ele, levantando uma sobrancelha questionadora.

— Pelo quê?

— Por me acordar — ele disse. — Meu pai teria ficado *chateado* se ele chegasse aqui e eu estivesse dormindo e você trabalhando.

— Eu teria te acobertado — disse a ele.

Ele bufou e sorriu antes de esfregar as têmporas.

— Como você sabia que eles estavam a caminho?

— Seu telefone estava conectado ao meu laptop, pois estava trabalhando nos vídeos e fotos — disse a ele. — Não atendi, juro. Vi que era o número da sua mãe, e em seguida, uma mensagem de texto apareceu na tela dizendo que eles estariam aqui em dez minutos.

Ele assentiu.

— Tudo bem. Obrigado de qualquer maneira.

Olhei para o chão à nossa frente e pude ver seus belos pés descalços aparecendo por baixo da calça jeans. Bati meu pé com meia no dele e sorri.

— Me provocando com os pés descalços, hein?

Ele riu.

— Pelo comentário que você me deixou no banheiro.

Isso mesmo. Eu disse a ele que me masturbei no banho. Sorri e dei de ombros, sem vergonha.

— Bem, ver imagens de nós dois dançando já foi ruim o suficiente, mas então vi as fotos dos nossos pés...

Ele engoliu em seco, gemeu e balançou a cabeça.

— Um... como... como ficaram?

— Dê uma olhada — eu disse, sorrindo. Fui até a mesa de jantar e abri o laptop. Comecei o vídeo não editado de nós dois dançando primeiro.

Não olhei a tela. Olhei para ele.

Seus olhos estavam arregalados e ele engoliu em seco várias vezes. Quando terminou, tudo o que conseguiu dizer foi:

— Jesus...

Sorri e comecei a apresentação dos slides com as fotos dos pés. A tela parou na última. Uma de nós na cozinha, com ele na ponta dos pés curvado e eu atrás, esfregando meu pau em sua bunda e o empurrando contra o balcão da cozinha.

Ele olhou para mim e engoliu em seco. Seus olhos estavam arregalados e escuros, e ele umedeceu os lábios.

Toquei na tela do laptop.

— Daí minha necessidade de me masturbar no chuveiro.

Ele assentiu e eu ri. Mas ele estava olhando para as fotos e franziu a testa.

— Obrigado... por não deixar meu pai ver isso. Ele saberia que éramos nós... eu. — Ele engoliu em seco, então sussurrou: — Ah, Deus. Ele vai saber que sou eu.

Olhei para ele. Seus olhos estavam abatidos.

— Ei — eu disse, fazendo-o olhar para mim. — Vou mostrar o que comecei a fazer com os vídeos e fotos. Prometo que, quando terminar, ele nunca vai saber.

Cameron assentiu e me deu um sorriso triste.

Mostrei o que fiz nas primeiras horas da manhã. Ele podia ver a direção que eu estava seguindo. Expliquei:

— Depois de fazer as de Ashley e Ben, é só uma questão de encontrar as nossas que combinam melhor.

Ele assentiu.

— Ficaram boas — ele disse.

— Claro que sim. — Revirei os olhos, tentando fazê-lo sorrir. Funcionou. Mas então eu bocejei.

— Você deveria se deitar um pouco — ele disse.

Tentei objetar, mas bocejei de novo.

— Você vai me acordar em três horas?

— Quatro.

Revirei os olhos e ele sorriu.

— Vou continuar com isso — ele disse. — Vou te acordar às... — Ele olhou para seu relógio de contagem regressiva, que estava com minha camisa jogada em cima, e olhou para mim.

— Isso me irritou — disse a ele com um beicinho.

Ele sorriu.

— Te acordo em quatro horas.

Assenti e subi as escadas, cansado, enquanto tirava a camisa ao avançar. Joguei a blusa no chão, perto da bolsa e caí na cama. Não me incomodei em tirar a calça jeans, nem em puxar as cobertas.

Eu nem me lembro de ter adormecido.

22:35

A próxima coisa que ouvi foi um zumbido horrível em algum lugar perto da minha cabeça. Barulho idiota. Estendi as mãos cegamente, tentando pará-lo, e o encontrei. Era o meu telefone. No travesseiro. Perto da minha cabeça.

O alarme do celular estava programado para tocar. Não coloquei...

Cameron. Cameron devia ter programado. E entrado no quarto enquanto eu dormia para colocá-lo no travesseiro perto da minha cabeça.

Boa maneira de vir e me acordar, idiota. Peguei o celular e, sem me preocupar em vestir uma camisa, desci as escadas para agradecê-lo. Eu não esperava acordar com um quarteto de cordas tocando Mozart, mas Jesus Cristo... um alarme de telefone em meu ouvido fazendo um barulho de britadeira não era exatamente agradável.

Eu não tinha acordado de muito bom humor, na verdade, nunca acordo de bom humor, mas essa não era a questão.

Desci as escadas, atravessei o corredor e entrei na sala de estar.

— Cameron! — Mas ele não estava. Então entrei na cozinha e ele também não estava. — Cameron!

Nenhuma resposta. Merda.

Na verdade, a casa estava silenciosa. Muito quieta.

Cameron não estava em lugar nenhum.

Pouco antes de meu sangue ferver, o telefone vibrou na minha mão. O identificador de chamadas mostrou seu nome.

Cameron.

Não me incomodei com gentilezas. Atendi sua chamada:

— Onde. É. Que. Você. Está?

DEZ

NÃO SOU UM CAMPISTA FELIZ

— Ah... perdão?

— Perguntei onde é que você está?

Silêncio.

Verifiquei o celular para ver se a linha havia sido desconectada. Não foi. Ele ainda estava lá.

— Então — eu odiava me repetir —, onde você está? E *muito obrigada* por me acordar.

Respirei fundo. Sabia que estava sendo irracional e um pouco – ou muito – imaturo, então tentei expirar lentamente para me acalmar.

— Programei o alarme — ele sibilou pelo telefone. Eu podia imaginá-lo com a mandíbula cerrada enquanto falava. — E estou ligando para ter certeza de que você não dormiu demais. Terminei de editar o que pude das fotos, *de nada*, e decidi adicionar algo à campanha, que vou te mostrar quando voltar. Agora, se realmente quer saber, estou na fila da lanchonete. Ia perguntar se você gosta de presunto ou frango na salada, mas você pode sair para comprar algo para comer, *de nada.*

A linha estalou em meu ouvido. *Agora* foi desconectada.

Merda, merda, merda.

Joguei o celular na mesa, ainda mais chateado que há cinco minutos. *Agora* eu estava chateado porque tinha dormido sete horas nos últimos dois dias, ele aparentemente já havia terminado a edição das fotos *e* ele decidiu adicionar algo à campanha sem falar comigo... ou me acordar.

Mas, mais do que tudo, eu estava chateado porque agora... *agora* eu tinha que me desculpar por ser um idiota.

Puxei o cabelo, resistindo à vontade de gritar, respirei fundo outra vez e contei até dez. Primeiro em inglês, depois em espanhol.

E depois em francês.

Quando me acalmei o suficiente, abri o laptop e olhei o que ele tinha feito.

Agora eu me sentia ainda mais idiota.

Ele terminou de fazer o que comecei, usando minhas ideias, exatamente como mostrei a ele. Ficou perfeito.

Agora tínhamos fotos quase idênticas de um casal heterossexual e um do mesmo sexo. Mesmas poses, posições, fotos do corpo, com a frente de Ben e as pontas dos dedos de Ashley no cós de sua calça jeans, então eu e Cameron na pista de dança. Eu estava sem camisa e ele atrás de mim com as mãos na minha barriga, as pontas dos dedos deslizando dentro da minha calça jeans.

Depois, as fotos dos nossos pés; ele escolheu a de Ben e Ashley em pé, o pé dela passando pela barra da calça jeans do marido. E usou uma de nós, de pé na cozinha, aquela onde estávamos de frente um para o outro, mas estava diferente. Levei um segundo para perceber que ele espelhou a imagem, fazendo nossa pose combinar com a de Ashley e Ben.

Muito inteligente, Cameron. Muito esperto.

Agora só precisávamos fazer a edição final, colocá-las em painéis de exibição visual e editar os vídeos adequadamente, que deveriam ser feitos no escritório central. Olhei para o relógio de contagem regressiva de Cameron.

21:47

Pelos meus cálculos, teríamos condições de fazer isso. E talvez, apenas talvez, eu pudesse ir para casa e dormir por seis horas inteiras. Animado com a ideia, olhei em volta para ver o que precisava empacotar para levar para casa.

Peguei as botas, jaqueta e o segundo saco de papel pardo com amostras da Lurex, aquele com consolos, sondas e anéis penianos.

Subi as escadas e percebi que não tinha direito a *todos*, então os joguei na cama e os dividi ao meio. Reembalei a metade de Cameron no saco de papel pardo e deixei no banheiro, depois enfiei a minha parte na minha mala de viagem, empacotando tudo o mais que pude. Tirei os lençóis da cama, imaginando que não precisaria deles esta noite, e levei a braçada de roupa de cama para baixo, assim que Cameron entrou pela porta da frente.

Ele me olhou, mas não disse nada, apenas atravessou a porta da sala de estar.

Eu o segui até a cozinha e deixei a roupa suja na lavanderia.

Ele colocou um dos dois recipientes para viagem na bancada da cozinha.

— Acho que você decidiu não ficar mais uma noite.

Assenti em concordância.

— Devemos terminar — eu disse a ele. — Se formos até o escritório em uma hora ou mais, acho que podemos terminar esta noite e posso ir para casa depois que terminarmos.

Com as sobrancelhas franzidas e uma carranca, ele assentiu.

— Cameron, me desculpe — disse a ele. — Pela maneira como falei com você ao telefone. Não tenho nenhuma desculpa. Fui um idiota e sinto muito.

Ele arqueou a sobrancelha e empurrou o recipiente para viagem em minha direção.

— Trouxe salada de presunto para você. Se você não gostar, lamento. — E com isso, ele se afastou.

Então, acho que meu pedido de desculpas não foi aceito.

Merda.

Peguei o pote de salada.

— Obrigado — eu disse, alto o suficiente para ele ouvir. Mas ele não respondeu e eu fingi que não me importava.

Ele voltou a ser o Sr. Impossível, Sr. Inexpressivo e eu estava cansado demais para dar a mínima.

E lá estava eu começando a gostar do cara. Não apenas *como* um colega de trabalho, mas como se quisesse conhecê-lo. Claro, ele era gostoso, mas também era inteligente e intrigante. Também estava sentado na outra sala como se eu não existisse e como se minhas desculpas não significassem nada.

Fiquei no balcão da cozinha e comi o almoço que ele me trouxe, imaginando onde isso me deixaria.

Não só com ele, mas na empresa. Se conseguíssemos o contrato da Lurex, tudo maravilhoso, mas se não conseguíssemos? Bem, eu imaginava que uma pequena reestruturação seria necessária. Se dois altos executivos não podiam trabalhar juntos, então um teria de sair.

E tenha certeza, o sr. Fletcher não ia demitir o filho.

Então, isso deixaria a mim.

De repente, não estava com muita fome. Na verdade, havia um grande nó em meu estômago. Afastei o recipiente e, apoiando os cotovelos na bancada, enterrei o rosto nas mãos.

Como foi que vim parar aqui?

Quarenta e poucas horas atrás, fui trabalhar, todo animado para uma sexta-feira. Então fui colocado em prisão domiciliar com o único homem que achei que não gostava de mim; o mesmo homem que acabou por ser um gay enrustido; o mesmo que me beijou, a quem retribuí o beijo, com quem quase transei nesta mesma cozinha.

Porque eu o queria.

E, se eu fosse honesto comigo mesmo, porque eu ainda o queria.

Merda.

— Você está bem? — Sua voz me assustou.

Olhei para cima. *Estou bem?* Não, não, eu não estava.

— Sim — menti. — Ótimo.

— Você não comeu muito.

Dei de ombros.

— Obrigado por trazê-lo para mim. Não precisava fazer isso.

Ele colocou o recipiente vazio no lixo.

— Quer ver o que eu fiz quando saí?

Ah, tinha me esquecido disso. Ele disse que fez algo para a campanha. Ele estava tentando ser legal, então tentei sorrir.

— Claro.

Era diferente entre nós agora. Eu sabia que ele estava cansado. Eu também estava. Mas além das olheiras sob seus olhos, havia uma tristeza. Uma renúncia. Uma finalidade. Qualquer esperança que houvesse entre nós, fosse de um relacionamento profissional ou pessoal, se foi.

Ele confiou em mim com seu segredo. Me beijou... e eu o mandei parar. Ele decidiu que eu não valia o risco, e minha gritaria com ele ao telefone apenas reforçou sua decisão.

Cameron conectou um gravador de mão ao laptop e apertou o play.

— Minha mãe disse algo que me fez pensar — ele explicou. — Ela fez um comentário sobre o preço da camisinha e como isso pode custar uma vida...

Me lembrei de quando ela disse isso e que olhei para Cameron, imaginando o que ele estava pensando. Então me lembrei de tentar não adormecer sob o sol.

— O conceito da campanha tem sido todo seu até agora — ele acrescentou, de forma natural. — Esta é a minha contribuição. — Ele apertou o play.

O vídeo não era editado, era tão real quanto possível. Uma senhora, possivelmente bela no passado, estava sentada com um cobertor sobre o colo. Mas foi a voz de Cameron que soou primeiro na tela.

— Pode começar com o seu nome — ele solicitou.

A mulher sorriu, embora sua tristeza arraigada permanecesse.

— O meu nome é Amy — ela disse. — Fui diagnosticada com HIV há quatro anos. Tive relações sexuais desprotegidas... — sua voz foi sumindo. — Eu era jovem, pensava *isso nunca vai acontecer comigo*. — Ela olhou para longe da câmera e tossiu.

Cameron esperou com paciência antes de perguntar:

— Quanto isso custou para você?

Ela sorriu sem humor.

— Tudo.

A imagem foi cortada e o vídeo mostrou Cameron sentado ao lado de um homem.

— Meu nome é James — ele disse. — Sou HIV positivo. Estou aqui há doze meses — acrescentou, olhando ao redor da sala. — Eles me tratam bem aqui.

No vídeo, a voz de Cameron pergunta:

— Quanto custa sua medicação e tratamento por mês?

James respondeu:

— Eu não tenho nenhum benefício... apenas para os remédios, cerca de cem dólares por mês.

Assisti ao vídeo sem piscar. Quando terminou, olhei para o outro lado. Ele estava me observando, esperando minha reação.

— Cameron, foi... — minha voz soou baixa enquanto eu tentava encontrar a palavra certa. — ...é brilhante.

Ele assentiu uma vez, fechou o laptop e se levantou.

— Certo. Se você estiver pronto, é melhor irmos para o escritório — ele disse, quase de um jeito robótico. Ele começou a fechar as pastas e colocá-las nas caixas de arquivo. — Se vamos adicionar esse novo aspecto à campanha, precisamos nos mexer. Teremos sorte se terminarmos a tempo.

Olhei para o relógio.

20:56

Merda.

Dois minutos depois, vesti a jaqueta e calcei as botas, levei tudo o que precisávamos para o carro de Cameron e estávamos a caminho da sede. Ele ainda não olhava para mim. Tentei puxar conversa, mas suas respostas foram curtas e afiadas.

Eu tentei *não* ficar irritado. Tentei *não* deixá-lo chegar até mim.

Mas ele *chegou*.

Ele entrou bem fundo.

Quanto mais ele não falava, mais me ignorava, mais *ele* me dispensava, mais ele chegava a mim.

E quando tiramos as coisas de trabalho do carro e

entramos no elevador, ele voltou a ser o idiota arrogante e pomposo que conheci nos últimos seis meses. Ele se afastou, mantendo certa distância entre nós, e quando saímos no nosso andar, era como se eu não passasse de um estranho para ele.

Bem, que se fodesse.

E ele que se fodesse também.

Como meus braços estavam cheios, usei o pé para abrir a porta da minha sala e a fechei atrás de mim com um chute satisfatório. Joguei as caixas na mesa com um baque alto, e eu sabia que ele podia me ver através das paredes de vidro entre nós.

Mas. Eu. Não. Dei. A. Mínima.

Deixe-o me ver andando de um lado para o outro, puxar a merda do meu e respirar fundo tentando me acalmar.

Ele estava tranquilo, calmo e controlado, como se tivesse algum botão especial de autocontrole que pudesse ligar e desligar. Considerando que eu não tinha. Minhas emoções estavam sempre visíveis, para o mundo ver, e ele estava todo imperturbável.

Precisando concentrar minha energia, peguei a bolsa do laptop e voltei para o elevador. Apertei o botão do décimo oitavo andar assim que Cameron saiu para o corredor e caminhou em direção ao elevador.

Ah, você está brincando comigo.

Claro que ele estava indo para o departamento de artes e gráficos comigo. Claro que ele teve que entrar no elevador comigo. Claro que sim. Claro que as portas não fecharam antes de ele chegar aqui. É claro que elas esperariam que Cameron Fletcher entrasse antes de fechar. Droga de elevador estúpido. Claro que ele ainda não olhou para mim. Claro que ele não me reconheceu.

Inspirar.

Um, dois, três, quatro, cinco, seis, sete, oito, nove, dez.

Expirar.

Uno, dos, três, quatro, cinco, seis, siete, ocho, nueve, diez.

Inspirar

Un, deux, trois, quatre, cinq, six, sept, huit, neuf, dix.

Expirar.

As portas se abriram e, sem uma palavra, sem sequer um olhar, ele saiu diante de mim.

O décimo oitavo andar era um grande espaço aberto. Tinha várias estações de trabalho espalhadas pelo andar, cada uma consistindo em mesa de desenho e computador gráfico com um centro de máquinas de impressão na parede do fundo. Era o que eu imaginaria que se colocaria em uma sala de arte estudantil, TI de última geração e impressão, tudo em uma sala.

Cameron virou imediatamente para a esquerda e eu fui para a direita. Comecei a trabalhar na finalização das fotos e ele começou a trabalhar, do zero, nas filmagens. E como ele estava agindo como se eu não estivesse na mesma sala que ele, peguei o telefone, conectei os fones de ouvido, percorri as listas de reprodução até encontrar *treino* e apertei o *play*. Música alta e pulsante encheu meu cérebro, me distraindo de todas as coisas relacionadas a Cameron.

Mas ele estava sentado em uma mesa do outro lado da sala, em uma linha de visão clara.

Tentei não observá-lo. Me esforcei para não olhar para sua bunda naquele jeans, como ele se sentava naquele banquinho ou como o jeans abraçava suas coxas. Tentei não observar suas costas naquela camisa, como seus ombros eram largos, como sua cintura era definida. Fiz o possível para não pensar nele, em como ele ficava sem a camisa...

Não percebi quantas vezes ele passou a mão pelo cabelo. Nem como ele girava uma caneta entre seus dedos longos. Não notei sua mandíbula e não contei quantas vezes ele umedeceu os lábios.

E eu não, de jeito nenhum, não notei seus pés. Tentei muito, muito mesmo, não me perguntar que tipo de meias engraçadas ele estava usando.

Virei as costas para ele e a música me ajudou a me concentrar na tarefa em questão. Logo, eu estava perdido em meu trabalho enquanto continuava com a edição e aperfeiçoamento das fotos, filmagens e minhas perguntas e respostas improvisadas na boate. Eu não tinha ideia de que horas eram, ou quanto tempo eu estava sentado naquela mesa, mas quando olhei para cima, o horizonte de Chicago estava iluminado pela noite, e Cameron não estava em sua mesa.

A sala estava vazia e tirei os fones de ouvido para descobrir que também estava muito silenciosa.

Verifiquei a hora no telefone. Eram oito e dezessete da noite.

Merda. A reunião seria em treze horas e quarenta e três minutos.

Me levantei do banquinho, duro e dolorido, sentindo dor em partes do meu corpo que não deveriam doer.

Precisava de café.

Como a sala de design tem uma política estrita de não poder comer nem beber, voltei para a minha sala, sabendo que sempre tinha café lá. Assim que as portas do elevador se abriram, eu o ouvi.

Eu sabia que era ele, porque não havia um som no mundo como aquele.

Cameron estava rindo.

Eu não sabia se estava curioso ou mal-humorado. Então me estabeleci em ambos.

Então ouvi outras vozes e, quando entrei na sala, ele estava lá. Ele conversava com o pessoal da limpeza, um homem e uma mulher que se chamavam Gustavo e Maria, e eles falavam em espanhol.

Eles pararam de falar quando entrei.

— Não liguem para mim — disse a eles. — Só quero café. — Comecei a fazer e, enquanto esperava a água ferver, a conversa recomeçou.

Mais uma vez, ele agiu como se eu nem estivesse lá.

E minha paciência já fraca começou a acabar. Tentei não escutar, mas então ouvi meu nome.

— Do outro lado do corredor — Cameron disse em espanhol para Maria. E eu soube então que ele estava falando de mim.

— Ah, sim — a senhora mais velha disse. — O garoto novo. Você gosta de trabalhar com ele? — ela o questionou em espanhol.

Cameron hesitou, mas respondeu, ainda falando em espanhol.

— Muito. Ele é muito bom no que faz.

Eu podia sentir minha paciência se esgotar e me virei para encará-los.

— Sou eu — eu disse em espanhol. — Ótimo em vender o invendável.

O rosto de Cameron empalideceu, fosse por eu falar espanhol ou porque repeti suas próprias palavras. Sorri para ele, bem, provavelmente foi mais um sorriso de escárnio, e depois de um olhar entre nós, Gustavo e Maria desapareceram silenciosamente pela porta.

Olhei para Cameron, e ele olhou para mim. Quase rosnei quando falei.

— Se quer dizer algo para mim, Cameron, então diga em inglês. E diga. Para. Mim.

Ele cerrou os dentes.

— Gustavo e Maria não falam inglês muito bem. Eles trabalham para o meu pai desde que eu era criança. Falo com eles como eu quiser.

Ele saiu da sala e bateu com a porta do escritório atrás de si.

E minha paciência finalmente acabou. Pena que Gustavo e a Maria foram embora, porque se não tivessem ido, poderiam ter aprendido umas palavrinhas em inglês.

Eu o segui pelo corredor, abri a porta de sua sala e ele se virou para olhar para mim.

— Qual. É. A. Merda. Do. Seu. Problema?

ONZE

NÃO ESTOU MAIS... TÃO FRUSTRADO

— Saia da minha sala. — Cameron olhou para mim e, quando ele respirou fundo e se acalmou, achei que tinha apenas arranhado sua aparência externa de Sr. Nada Me Abala.

Mas eu estava desgastado, cansado pra caramba e ele tinha me irritado, para logo depois me dispensar. Eu estava no ponto de ruptura com este homem. Algo tinha que ceder.

— Não.

Ele tensionou a mandíbula e sibilou para mim com os dentes cerrados.

— Lucas...

Eu o interrompi.

— Não *se atreva* a me dispensar, Cameron. Não aja como se eu não significasse nada. — Dei um passo em direção a ele e apontei o dedo para ele. — Como se você não ligasse.

Ele olhou para mim, seus olhos estavam selvagens, e

eu poderia dizer que estava chegando até ele. Podia sentir isso.

— Sinto muito por ter gritado com você — disse a ele, tentando manter a calma. — Sinto muito por ter te magoado. Sei que você se colocou lá fora, que se arriscou. Você me beijou, Cameron. Você *finalmente* se assumiu para alguém, e quando você me beijou, eu te disse para você parar.

— Não é isso — ele falou.

— Besteira, Cameron — respondi rapidamente. — Vi o quanto te magoei. Você tem estado distante de mim desde então. Você não fala comigo. Nem olha para mim.

— Não é por isso — ele respondeu calmamente.

— Então por quê? — gritei com ele. — Me diga o porquê, Cameron! Pelas últimas quarenta e poucas horas você tem sido aberto, engraçado e caloroso. Vi seu lado real. Finalmente pensei, ei, eu poderia me ver com um cara como você.

Isso o fez olhar para mim.

— Você estava lá ontem à noite, Cameron. Você não estava *tão* bêbado... não me diga que não sentiu. Como estava quente entre nós, quando dançamos, quando nos beijamos. — Respirei fundo e admiti: — Eu não *queria* parar...

Ele balançou a cabeça e olhou diretamente para mim.

— Então por que parou?

— Essa merda de trabalho — quase gritei para ele. — Essa porra de campanha.

Ele parou com minhas palavras como se elas o machucassem.

— O trabalho... — Ele balançou a cabeça. — Tudo para você tem a ver com o trabalho, não é?

— Não! — gritei frustrado. Nem puxar meu cabelo ajudou. — Não, isso — indiquei entre nós — não tem a ver só com a porcaria do *trabalho*, Cameron. Mas se não conseguirmos esse contrato, minha bunda vai ser jogada na porra do próximo avião para o Texas.

A confusão cintilou em seu rosto.

— Do que é que você está falando?

— Se não pudermos trabalhar juntos, se falharmos, você acha que seu pai ainda vai me querer aqui? — perguntei a ele. — *É disso* que estou falando.

— Ele não faria isso — ele gritou, balançando a cabeça.

— Por que não?

— Porque eu não deixaria! — ele gritou comigo tão alto que as veias de seu pescoço saltaram. — É por isso! — ele continuou, jogando as mãos para cima. — Caramba, Lucas, nos últimos meses só consigo pensar em você. Tentei te esquecer. Tentei te ignorar. Eu tentei não te querer.

Ele se aproximou de mim.

— Você é quem é, sem desculpas. Profissional, brilhante pra cacete no seu trabalho e você está *fora do armário*! *Fora*! — Ele bateu as mãos no peito. — E o que eu sou? A merda de um covarde.

Fiquei chocado com sua admissão. Abri a boca enquanto ele continuava seu discurso.

— Passar todo esse tempo com você só me faz te querer mais. Nós dançamos. E nos beijamos. Na minha cozinha! Deus — ele gemeu. — Eu teria ido para a cama com você se não tivesse me parado.. Eu teria deixado você me comer.

Senti um arrepio na nuca, que desceu pela minha espinha e me impulsionou para frente. Não houve nenhuma decisão consciente de cruzar a distância entre nós. Meu corpo apenas se moveu.

Segurei seu rosto, juntei nossas bocas e o beijei. Não foi educado, nem doce. Foi cheio de *desejo, necessidade, frenesi e profundidade*. Ele paralisou contra mim, por apenas um momento, surpreso com meu ataque repentino.

Mas quando minha língua encontrou a dele, pude senti-lo se derreter em mim e assim que ele cedeu, eu o empurrei de volta contra a mesa.

Eu ainda segurava seu rosto, mantendo sua boca no lugar, enquanto a estocava com minha língua. Meu corpo se aproximou mais do dele, com força e intensidade. Até que suas mãos estavam em mim, me puxando, segurando e agarrando.

Ele não tinha para onde ir. Sua bunda estava encostada na mesa e eu o pressionava contra ela. Meus quadris estavam prendendo-o lá, com meu pau endurecido contra o dele. Quente, duro, dolorido.

Ele disse que me queria há quatro meses.

Que não conseguia parar de pensar em mim.

Que teria ido para a cama comigo.

E disse que teria me deixado comê-lo.

Esse pensamento me fez gemer... tê-lo debaixo de mim, estar dentro dele, sentir meu pau em sua bunda, seu calor, como ele pulsaria ao meu redor, como ele me faria gozar.

Afastei a boca da sua e os quadris dos seus, o que fez meu corpo inteiro estremecer.

Seus lábios estavam vermelhos e inchados, e seus olhos levaram um momento para se abrirem e focar. E por um breve momento, ele pensou que eu iria rejeitá-lo de novo. Pude ver o medo em seus olhos.

— Cameron... você é... — tentei dizer a ele, enquanto tentava controlar meu corpo, minha respiração. — Você vai me fazer gozar.

Ele suspirou e sorriu, e levou as mãos no zíper, abrindo meu jeans. Ele colocou a mão por dentro da cueca e envolveu meu pau, me fazendo sibilar.

— Puta merda...

Ele me puxou para fora, me expondo a ele. Olhou do pau inchado em sua mão para os meus olhos e gemeu.

— Por favor.

Não poderia detê-lo, mesmo que quisesse. Gemi, sibilei, movi o pau em sua mão e implorei.

— Ah, sim, por favor, por favor, por favor.

Ele colou sua boca na minha e me acariciou, forte, rápido e tão, tão bom. Ele moveu a mão, apertando e movendo, e eu sabia que era isso... era isso.

Puta merda, era isso.

Afastei a boca da dele e tentei avisá-lo. Mas ele pareceu entender, porque me apertou com mais força, me acariciou, aproximou os quadris de mim e sussurrou contra meus lábios:

— Me mostra.

Então ele me viu gozar.

Senti o calor me tomar, dos dedos dos meus pés até o couro cabeludo, em ondas fortes e curtas. Gozei, sentindo o pau quente e pulsando, enquanto longos dedos continuavam a me acariciar. Me senti perdido. Perdido para tudo, menos para ele. Não havia visão, nem som, apenas ele. Sua mão ainda me segurava, seu corpo estava pressionado contra o meu, minha cabeça apoiada em seu ombro. Me concentrei em como era ter seu corpo no meu, no seu cheiro.

No meu cheiro nele.

Finalmente, abri os olhos, me sentindo embriagado, e olhei para ele. Ele me observou maravilhado. Desviei o olhar para baixo entre nós, para meu gozo em sua mão, no meu estômago e manchando minha camisa. Puxei a camiseta suja sobre minha cabeça e, antes que eu pudesse me oferecer para limpar sua mão, ele a levou à boca e sua língua rosada lambeu meu gozo de sua pele.

Gemi com a visão, e ele gemeu com o gosto, enquanto levava a outra mão a protuberância em suas calças. Ele ainda estava apoiado na mesa, então segurei o botão de seu jeans e o abri.

— Você me provou — falei com a voz rouca. — Agora me deixe te provar.

Ajoelhei depois de colocar a cueca no lugar. Olhei para ele, seus olhos estavam arregalados, mas escuros e vidrados. Puxei o tecido da cueca para baixo, deixando seu pênis inchado saltar livre.

Ah, puta merda.

Segurei seus quadris e lambi todo o comprimento de seu pau longo, ah muito longo, com líquido pré ejaculatório vazando... ah, puta merda. Salivei e gemi, mas abri os lábios para tomá-lo, para prová-lo.

— Cacete! — ele gemeu. Cameron empinou os quadris e segurou meu rosto enquanto seu pau deslizava para dentro e para fora da minha boca. Eu o acariciei, chupando e lambendo. Seu aperto no meu cabelo aumentou e seus quadris se moveram rapidamente. — Puta merda, puta merda — ele murmurou.

Acariciei a base de seu pau com uma mão e segurei suas bolas com a outra. Ele segurou minha cabeça com mais força e penetrou mais fundo em minha garganta.

Gemi para demonstrar que gostei.

Ele passou as mãos pelo meu cabelo, segurou meu rosto, meu queixo, meu pescoço. Gemi de novo e ele pôde sentir as vibrações em seus dedos e em seu pau, flexionando uma última vez antes de gozar.

Cameron gemeu um som gutural enquanto inchava e gozava em minha boca. Engoli e bebi, cada gole, quente e grosso. Todo o seu corpo tremia enquanto eu o lambia e o soltava da minha boca, colocando-o de volta em sua calça. E quando me levantei, ele se levantou da mesa e veio para mim. Passei os braços ao redor dele, o abracei e ri quando ele choramingou. Ficamos assim por alguns minutos muito curtos, recuperando o fôlego.

— Que foda... — ele sussurrou contra o meu pescoço.

— Hummm — gemi em seu ouvido. — Eu gostaria. Mas vou precisar de pelo menos dez minutos para me recuperar.

Ele deu uma risada. Sua respiração era quente na minha pele. Mas então ele me empurrou e se afastou de mim. Caminhou até a parede oposta, mas seus olhos estavam abatidos, se tímido ou arrependido, eu não sabia.

Sem camisa, dei um passo para trás para dar o espaço que ele precisava e fechei o zíper. Minha camisa estava encharcada no chão e enquanto eu me perguntava se deveria lavá-la à mão ou quanto tempo levaria para secar, Cameron disse:

— Hum, isso deve servir em você.

Ele estava perto de seu banheiro pessoal, segurando uma camisa em um cabide.

— Eu mantenho camisas sociais sobressalentes. Em caso de emergência.

Emergências?

— Você espera ter esperma na sua camisa com frequência?

Ele revirou os olhos.

— Caso eu derrame café.

Ah.

Sorri e dei de ombros, e ele me deu um meio sorriso. Peguei a camisa, vesti, abotoei e comecei a arregaçar as mangas enquanto Cameron ajeitava o jeans.

— É melhor voltarmos ao trabalho — ele disse, ainda um tanto hesitante.

— Cameron — chamei seu nome para detê-lo. — O que acabamos de fazer — fiz um gesto em direção a mesa —, bem, eu gostaria de fazer de novo. E falei sério sobre te levar para sair e fazer isso direito.

Ele pareceu franzir a testa, mas assentiu... mais ou menos.

Merda.

— A menos que você não queira — eu disse, oferecendo uma saída a ele.

— Lucas — ele sussurrou e olhou para mim com seus olhos castanhos suplicantes. — Eu quero, mas...

— Mas o quê?

— Você não vai me querer. Eu... não saí do armário. Não espero que você, ou qualquer outro homem, volte para lá por mim.

Sorri e caminhei até ele para que eu pudesse traçar os dedos ao lado de seu queixo.

— E não espero que nenhum homem se revele, antes que esteja pronto, por mim. É algo que você precisa fazer em seu próprio tempo, em seus próprios termos.

Ele me olhou sério por um momento, então assentiu.

— Obrigado — ele disse com um sorriso triste. — Eu quero. Quero sair. Quero ser livre para ser eu mesmo. Estou tão cansado de me esconder...

— Eu sei. — Assenti, porque eu sabia. Sabia *exatamente* o que ele queria dizer. — Quando você estiver pronto. Mas ainda podemos sair, certo? Sair para jantar, beber...?

— Eu gostaria disso. — Ele sorriu e assentiu, então eu o beijei. Foi um beijo suave, tipo um selinho. Todo o seu rosto brilhou e um rosa claro tingiu suas bochechas. Puta merda, acho que acabamos de marcar um encontro oficial.

— Isso é um encontro? — perguntei com outro selinho em seus lábios, só para esclarecer.

Ele riu.

— Talvez.

— Ah, entendo — brinquei, enquanto seguia até a

porta e a segurava aberta para ele. — Vamos, Sr. Se Fazendo de Difícil, precisamos voltar ao trabalho.

— Me fazendo de difícil? — ele perguntou, incrédulo. — Depois do que acabamos de fazer?

Eu ri e o parei no corredor vazio.

— Cameron, posso te perguntar uma coisa?

Ele parou com o meu tom sério, um pouco preocupado com o que eu estava pensando.

— Isso está me matando, eu preciso saber. Quem está em suas meias hoje?

Ele sorriu.

— O Cavaleiro Solitário e Kimosabe.

— Claro. — Revirei os olhos e ri. — Aposto que demorou um pouco para encontrar esse par.

— Você não faz ideia — ele riu e, quando entramos no elevador, ele apertou o botão do andar térreo.

— Aonde estamos indo? — perguntei.

— Tomar um café de verdade e jantar. — Ele sorriu. — Estou morrendo de fome.

— De qualquer forma — eu o lembrei —, você não quer dizer *tunto*?

Ainda sorrindo, ele me cutucou com o cotovelo.

— Cale a boca.

10:26

Compramos pizza e café expresso, e decidimos comer na pizzaria, pois sabíamos que não poderíamos levar comida de volta para a sala de design. E ele estava de volta, o Cameron que ria, brincava, conversava e falava abertamente. Ele me disse que estava falando sério, que me queria há meses. Que queria muito ter tido coragem de dizer alguma coisa, qualquer coisa.

Cameron me contou com um dar de ombros que quando me viu descer as escadas com a roupa de cama, soube que eu tinha decidido ir embora. Ele franziu o cenho ao dizer que isso não deveria tê-lo surpreendido. Afinal, por que um gay orgulhoso iria querer ficar com um homem enrustido?

Respondi que um homem de verdade, o homem certo, esperaria.

Ele olhou para mim, *realmente* olhou para mim, e eu olhei de volta para ele, sem uma centelha de dúvida em meus olhos.

Cameron então sorriu e falou do trabalho, dos amigos, da família; como ele sonhava em um dia levar um homem para casa para conhecer seus pais.

Ele se desculpou por me tratar com silêncio, dizendo que sua raiva era interna. Eu ri e pedi desculpas, porque meu despertar mal-humorado era direcionado para fora, para quem estivesse no meu caminho. Ele riu, dizendo que tinha um par de meias <u>Oscar, o Rabugento</u>, e que me daria com prazer.

Eu chutei seu *O cavaleiro solitário* debaixo da mesa.

Mesmo de volta ao trabalho, ele continuou o mesmo. Começamos a trabalhar em mesas diferentes, mas de vez em quando ele olhava para mim e sorria, o que obviamente me fazia sorrir. Montei meus *visuais boards* para imprimir e a entrevista com os garotos da boate foi feita em uma apresentação em Powerpoint. E com uma verificação final, terminei.

Eram 3h08.

Tínhamos 6 horas e 52 minutos pela frente.

6:52

Me levantei, me espreguicei e bocejei. E bocejei de novo. Eu. Estava. Exausto.

— Ei — falei, andando por trás de Cameron, e apertei seu ombro. — Você está terminando?

— Não — ele suspirou. — A iluminação está ruim e não consigo colocar o áudio direito no vídeo.

Esfreguei os olhos e olhei para o monitor. Parecia perfeito para mim.

— Cameron, está bom.

— Não, não está — ele disse. — Precisa estar perfeito. — Ele balançou a cabeça e esfregou as mãos no rosto. — O que é que eu estava pensando? Trazer uma nova linha no último minuto? Não vai ser bom o suficiente.

Coloquei o dedo em seus lábios para calá-lo.

— Cameron, vamos nos reunir com a Lurex para oferecer a eles o nosso melhor. É por isso que estamos adicionando no último minuto... porque foi brilhante.

Troquei meus dedos contra seus lábios pelos meus e o beijei rápido e forte.

— Agora, me mostre o que posso fazer para ajudar.

Ele sorriu, mas balançou a cabeça.

— Durma um pouco. Vou acabar com isso.

Eu me opus, dizendo a ele que estávamos nisso juntos, e que não iria dormir enquanto ele trabalhava. Ele bufou, dizendo que foi ideia dele aumentar nossa carga de trabalho, então deveria ser ele a fazer isso.

— Não discuta comigo, Cameron — falei, revirando meus olhos cansados.

— Não discuta *comigo* — ele retorquiu. Ele estava tão cansado quanto eu.

— Você é sempre tão teimoso? — perguntei.

— Sim — ele respondeu. — *Você é* sempre tão teimoso?

— Sim.

Ele sorriu, e eu retribuí. Nós dois suspiramos. Então ele puxou uma cadeira ao lado da sua e, nas três horas seguintes, trabalhamos lado a lado. Nos sentamos bem juntos, com nossos joelhos se tocando e nossas mãos às vezes apoiada na coxa um do outro. Conversamos, concordamos, discordamos e até chegamos a um acordo. Mas quando Cameron salvou o arquivo e o enviou os *boards* para imprimir, nós dois nos recostamos em nossas cadeiras e suspiramos.

Já se passaram sessenta e uma horas.

E agora estava terminado. Sem ter como voltar atrás, sem mudar nada. Se não fosse bom o suficiente agora, não seria nunca.

— Vamos — ele gemeu. — Vamos levar tudo para cima.

Nós dois gememos quando nos levantamos, com nossos corpos doloridos protestando pela falta de sono.

Foi difícil perceber que todo o nosso trabalho árduo se resumia a oito quadros visuais e dois segmentos de vídeo, cada um com menos de dois minutos de duração.

Levamos tudo para o escritório de Cameron, colocamos nossos laptops em sua mesa e montamos cuidadosamente os quadros conceituais. E por um momento de silêncio, nenhum de nós falou. Olhamos para nossa campanha e então Cameron olhou para mim.

— Lucas — ele disse baixinho. — Se não conseguirmos este contrato... — ele olhou de volta para os painéis, evitando meus olhos — ...isso não significa que você vai embora, não é?

— Espero que não — respondi honestamente. — Eu não quero ir.

Ele sorriu, exausto. Então se aproximou de mim e seus olhos cansados se fecharam.

— Não quero que você vá — ele sussurrou e pressionou os lábios nos meus. Breve, casto e docemente.

Sorri para ele, que retribuiu com um sorriso quase tímido.

• Quer café? — ele perguntou.

Assenti.

— Hum-hum. — E ele saiu pela porta em direção ao refeitório dos funcionários.

Tirei o celular do bolso e verifiquei a hora.

Eram seis da manhã. Puta merda. Estávamos reduzidos a quatro horas.

4:00

Sentei na cadeira em frente à mesa de Cameron e percorri meus contatos. Eu sabia que era cedo, mas também sabia que ela estaria acordada.

Sua saudação alegre foi recebida por minha voz cansada e triste.

— Bom dia, Rachel.

— O que posso fazer por você? Precisa que eu organize alguma coisa? — ela perguntou, sem bobagens, sem conversa fiada. Graças a Deus.

— Tudo, preciso que você passe pela minha casa. Pegue um terno, camisa, gravata, sapatos.

— Sem problemas — ela respondeu.

— Ah, e Rach?

— Sim? Há mais alguma coisa?

— Sim. — Eu sorri ao telefone. — Preciso que você me faça um favor.

DOZE
ESTOU... SEM TEMPO

01:30

A PRÓXIMA COISA QUE SENTI FOI ALGUÉM BALANÇANDO minha perna e meu pescoço estava me matando. Inclinei a cabeça para frente, com torcicolo, e abri os olhos.

Rachel.

— Vamos — ela disse em tom alegre. — Está na hora.

Eu odeio alegria.

Detesto entusiasmo.

Percebi então que, atrás de Rachel, estava Simona, parada na frente de um Cameron mal acordado.

Ele estava na cadeira ao meu lado. Devíamos ter adormecido.

Fiquei de pé.

— Merda. Que horas são?

Rachel riu de mim, então zombei dela. Poderia ter rosnado. Sim, foi rude. Sim, foi desnecessário.

Eu tenho problemas em ser acordado, sim? Não finja estar surpreso. Você viu como funcionou quando fui acordado pelo meu telefone ontem na casa de Cameron.

Me acordar nunca funcionou bem, não para ninguém envolvido. É só perguntar a minha mãe.

— Não tente essa merda comigo, Lucas — Rachel afirmou com uma mão no quadril. — São oito e meia. Você tem noventa minutos antes da reunião.

Eu bufei. Ela era pequena, mas me mantinha na linha.

— Você está falando como a minha mãe.

Rachel arqueou a sobrancelha, e Cameron riu. Olhei para ele e resmunguei:

— Não comece.

Então ele soltou uma gargalhada. Sim, foi muito engraçado, idiota.

Apontei o dedo para ele e abri a boca para dizer que ele poderia parar de sorrir, quando alguém limpou a garganta. Virei a cabeça com o som, estremeci e gemi com a dor aguda no pescoço.

Sr. Fletcher.

— Vocês estão péssimos — ele disse e olhou para as moças. — Rachel, Simona, eles precisam de café, por favor. Forte, preto. E Tylenol para o Lucas.

As garotas assentiram e desapareceram, e eu esfreguei meu pescoço. O sr. Fletcher sorriu.

— Adormecer nestas cadeiras não é bom para o pescoço.

— Aham — gemi concordando, tentando me lembrar o que aconteceu, por que adormeci. — O

Cameron foi tomar café — expliquei. — Me sentei... e a próxima coisa que sei é que estou sendo acordado.

— Você estava dormindo quando voltei — Cameron explicou. — Coloquei os cafés na escrivaninha e me sentei... devo ter adormecido também. — Nós dois olhamos para a mesa dele e lá, junto com laptops e papéis, estavam dois cafés, intocados.

— Hum — o pai de Cameron murmurou, com as sobrancelhas franzidas. — Tomem um café fresco, banho e façam a barba. Vou organizar o café da manhã. Quero ver vocês dois depois da reunião com a Lurex. — E com isso, ele se virou e saiu pela porta.

Estiquei o pescoço algumas vezes, movendo a cabeça de um lado para o outro, e suspirei alto.

Cameron olhou para mim.

— Você está bem?

Olhei para ele e, apesar do meu humor nada animador, assenti.

— E você?

Ele assentiu, mas antes que pudesse dizer outra palavra, Simona entrou pela porta, com uma xícara de café fumegante.

— A Rachel está com o seu em seu escritório — ela me disse.

Sorri e, me lembrando de minhas boas maneiras, tirei meu chapéu invisível para ela. Olhei para Cameron, querendo dizer alguma coisa, mas sem saber o que, quando Simona se ocupou arrumando as coisas, falando sobre o que eles precisam fazer em apenas uma hora. Parecendo alheio à sua fala, ele olhou para mim e me deu um sorriso suave. Sorri de volta, sem uma palavra entre nós, em outro daqueles momentos só nosso.

Ainda sorrindo, pela primeira vez, tirei meu chapéu imaginário para Cameron.

E, caramba, isso o fez corar.

Mesmo que eu estivesse incrivelmente cansado, sorri com sua reação e me virei para sair de seu escritório para o meu.

Um café quente e dois Tylenol depois, eu estava no meu banho. Nossas salas tinham banheiros pessoais. Um pouco luxuoso sim, mas trabalhando para a *Fletcher Advertising*, não esperaria nada menos.

Fiquei debaixo da água quente e corrente, desejando que ela relaxasse meus músculos e me acordasse. E funcionou um pouco. Pelo menos, me senti melhor. E depois que fiz a barba e escovei os dentes, me senti meio vivo.

Rachel deixou meu terno pendurado atrás da porta, e depois que eu estava vestido, sem sapatos e meias, me lembrei da pequena missão que dei a Rachel.

Com os pés descalços, caminhei até meu escritório. A porta estava aberta e pude ouvir Rachel e Simona conversando do escritório de Cameron. Mas vi o que estava procurando. Havia uma pequena sacola de compras ao lado dos meus sapatos.

Olhei para dentro e sorri. Perfeito.

Bem, quase. Eu os reorganizei exatamente como queria e os coloquei de volta na sacola.

— Lucas? — A voz de Rachel me interrompeu. Olhei para ela, que estava parada na porta. — Tem café da manhã no escritório do Cameron.

— Obrigado.

Ela acenou para a bolsa na minha mão, de forma especulativa.

— Vai me dizer do que se trata? Por que eu tive que ir a três lojas diferentes?

Balancei a cabeça e sorri.

— Não.

Ela sorriu, apesar da decepção. Então, encostada na porta, disse baixinho:

— Se eu dissesse que queria *realmente* saber o que aconteceu entre vocês dois nas últimas sessenta e tantas horas, você não me contaria, não é?

Sorri e balancei a cabeça.

— Não.

Ela franziu os lábios, revirou os olhos para mim e suspirou. Com a bolsa na mão, peguei meus sapatos e sorri para ela, enquanto seguia descalço pelo corredor até a sala de Cameron.

Havia uma travessa de frutas cortadas, croissants, suco e mais café.

— Coma — Simona falou. — Precisamos de você com os olhos brilhantes e a cauda espessa. — Então ela parou, olhando para os sapatos na minha mão e meus pés descalços. — Oh.

Cameron saiu de seu banheiro privativo, recém-banhado e barbeado, usando calça de alfaiataria e camisa branca. Ele estava fechando o botão do punho e não me notou a princípio.

Quando ele olhou para cima, seus olhos foram de Simona para mim, para meus sapatos em minhas mãos, meus pés descalços e depois para meus olhos. Ele inclinou a cabeça, apenas uma fração, e tentou não sorrir.

— Se esqueceu de alguma coisa?

Não respondi. Ao invés disso, me virei para Simona e Rachel, que tinha me seguido.

— Vocês podem nos dar um momento? Por favor, levem os quadros conceituais para a sala de conferências e preparem tudo para nós.

— Claro — Simona sorriu com olhos brilhantes e um olhar sugestivo. Ela e Rachel recolheram o material e o laptop, e nos deixaram sozinhos.

Cameron esperou até que a porta se fechasse.

— Lucas — ele disse com um leve aviso em seu tom. Seus olhos de desviaram para a parede de vidro atrás de mim. — O que você está fazendo?

Larguei os sapatos no chão e levantei a sacola branca de compras.

— Caramba, Cameron. Me dê algum crédito. Não vou pular em cima de você no trabalho, no meio do dia.

Então corrigi:

— No meio da noite, sim. Mas não durante o dia.

Ele bufou para mim, tentou não sorrir e falhou. Então olhou para a sacola na minha mão novamente.

— Ah, eu trouxe algo para você... bem, pedi para a Rachel comprar, mas é de mim.

Ele não disse nada, mas estava claramente surpreso.

Enfiei minha mão na sacola e tirei seu presente. Um par de meias.

Um sorriso lento se espalhou em seu rosto.

— *Superman*?

— E *Clark Kent* — expliquei. — Um de cada. — Eu

os levantei. — Precisei de um par de meias do *Superman* e um do *Clark e da Lois,* mas consegui fazer um par do *Clark* e do *Superman.*

Ele me olhou em questão. Então expliquei:

— Assim como você. — Dei de ombros e de repente me senti um pouco nervoso com isso. Pigarreei.

— Aquele que esconde sua verdadeira identidade, e aquele que é meio... *super.*

Ele olhou para mim, *direto* para mim, e tivemos outro daqueles momentos. Por um longo segundo, apenas olhamos um para o outro. O movimento de alguém passando pela parede de vidro interrompeu nosso olhar e, com uma risada nervosa, entreguei as meias.

— Obrigado. — Ele sorriu com timidez. — Lucas... isso é muito atencioso. — Então ele olhou para os meus pés descalços. — E as suas meias?

— Ah — eu disse com uma risada. — Comprei para mim também!

— Quem você pegou? — ele perguntou, com os olhos brilhando e curiosos.

Sorrindo, enfiei a mão de volta na sacola e tirei minhas meias com um movimento dramático.

— Han Solo e Chewbacca!

— Não acredito! — ele exclamou, animado.

Assenti e ri, enquanto me sentava para calçá-las.

— Vamos — insisti com ele, acenando para as meias em sua mão. — Você tem que usá-las hoje, para esta reunião.

Ele sorriu e se sentou na cadeira atrás da mesa para desamarrar os cadarços de seus sapatos e tirá-los, depois as meias que estava usando. Eu estava amarrando os cadarços dos meus sapatos quando Cameron olhou para mim por cima da mesa.

— O que aconteceu com a *Lois*?

— Quem?

— *Lois* — ele repetiu. — Você disse que um par de meias era do *Clark e Lois Lane*.

— Ah, *ela*... está na lata de lixo — disse a ele, apontando para o meu escritório.

Cameron começou a rir, assim que seu pai abriu a porta. Ele sorriu ao ver o filho rindo, apenas por um segundo.

— Ah, rapazes? A recepção do andar térreo acabou de ligar. A equipe da Lurex está aqui.

Merda.

Cameron e eu vestimos nossos paletós e seguimos o sr. Fletcher até a sala de conferências onde nossa apresentação foi montada. Só tivemos tempo de verificar se tudo estava como deveria estar, a tela branca para as apresentações em *Powerpoint* estava pronta e os oito painéis de conceito estavam todos virados, aguardando a grande revelação.

O sr. Fletcher sorriu.

— Boa sorte, rapazes — ele disse. — Eu adoraria me sentar aqui com vocês — ele disse, entusiasmado — mas não quero tirar vocês do jogo. Então vou ter que me contentar em assistir vocês dois tecendo sua magia das telas do sistema de vídeo em meu escritório.

Ah, merda. Eu me tinha esquecido que ele tinha acesso as câmeras da sala de conferências.

— Vou deixar a Simona e a Rachel assistirem

comigo, tudo bem? — ele perguntou. — Tenho certeza de que elas adorariam ver vocês dois em seu elemento.

Cameron sorriu.

— Tudo bem, pai.

O sr. Fletcher sorriu e atravessou as portas que levavam ao seu escritório, fechando-as atrás de si.

Cameron olhou para mim e eu para ele.

— Pronto, *Superman*? — perguntei.

Ele sorriu e assentiu.

— Vamos fazer isso.

Sessenta e cinco horas... achei que ia ser uma eternidade. E de repente, o tempo tinha acabado. Respirei fundo e as portas duplas se abriram.

TREZE

ESTOU... CHOCADO COM ELE

00:00

FOMOS APRESENTADOS A UMA EQUIPE DE TRÊS PESSOAS. Uma mulher bem-vestida, um homem baixo que parecia a toupeira de *O vento nos salgueiros* e um distinto cavalheiro mais velho.

Carmen Renata, Stefan Vladimir e o primeiro e único sr. Charles Makenna.

Amenidades foram trocadas, um tanto brevemente, e Cameron começou a dar andamento. Ele foi direto ao assunto.

— Em primeiro lugar, obrigado por nos dar esta oportunidade. Entendemos que vocês estão com uma agenda apertada, então não vou perder um minuto do seu tempo.

Os três rostos o observavam.

Ele sorriu.

— A Lurex precisa da *Fletcher Advertising*.

Bem, isso foi um quebra-gelo.

Eu me perguntei se ter seu pai assistindo mudaria sua tática, mas isso não aconteceu. Cameron continuou, tão confiante como sempre.

— A publicidade no mercado atual é implacável. Não preciso dizer isso. Também não preciso dizer que as vendas da Lurex se estabilizaram em oitenta por cento, e seu concorrente mais próximo cresceu seis por cento nos últimos dois anos.

— Não preciso te dizer isso.

— Não estamos aqui para falar sobre *o seu* produto. Estamos aqui para falar sobre o *nosso* produto.

Cameron olhou para mim, me dando a palavra.

Continuei exatamente de onde ele parou.

— A *Fletcher Advertising* não *apenas* vende produtos. Ela fornece soluções e conceitos. — Fiz uma pausa para efeito.

A mulher, Carmen Renata, falou primeiro.

— *Conceitos*? No plural?

— Sim — respondi com confiança. — O nosso trabalho é garantir que vocês fiquem à frente do jogo contra a concorrência global aprimorada pela Internet, consumidores inconstantes e ciclos de vida de produtos cada vez menores. Ao fornecer um conceito de publicidade para diferentes mercados-alvo, evoluindo conforme necessário com inovação contínua para ficar dois passos à frente de seu concorrente mais próximo. No clima econômico de hoje, é a única maneira de mantê-los à frente no futuro jogo de negócios de longo prazo.

O sr. Vladimir torceu o nariz quando falou, fazendo-o parecer ainda mais com a Toupeira.

— E como você se propõe a fazer isso?

Respondi:

— Fornecendo uma campanha multifacetada visando os mercados gays e heterossexuais, bem como educação e estratégias online.

Os três piscaram, sem revelar nada.

Cameron falou em seguida. Ele falou, e eles ouviram. Me perguntei brevemente o quanto o pai dele estaria orgulhoso dele, sentado na sala ao lado, observando seu filho agora.

A voz de Cameron era baixa, mas forte. Eles o observaram e o ouviram como se estivessem aqui em *seu* tempo, e não o contrário. Caramba, até eu senti como se estivesse aqui no tempo dele.

Ele deu números, porcentagens e taxas de projeção, então sutilmente chamou a atenção deles de volta para as tendências do consumismo. Que foi a minha deixa para elaborar conceitos de design, foco em marketing e publicidade seletiva.

Então virei seis dos oito painéis de conceito visual, mostrando aos três visitantes o que passamos as últimas sessenta e cinco horas tentando aperfeiçoar.

Seis painéis: três heterossexuais, três homossexuais. Tudo exatamente igual.

A imagem da mão delicada de Ashley se enfiando no jeans de Ben combinava com a imagem dos longos dedos de Cameron roçando a minha cintura. As duas imagens estavam envoltas em azul, e eram quase imagens espelhadas perfeitas. Exceto que uma era de um homem e uma mulher, e a outra era de dois homens.

O próximo par de imagens eram de torsos. A fotografia com os braços musculosos de Ben ao redor da cintura fina da esposa combinava com a foto dos meus braços ao redor de Cameron, quando estávamos na pista de dança, com meus braços em volta dele, meus dedos bem abertos contra sua pele. As duas imagens foram pintadas de rosa para combinar com o flash das luzes da boate.

E o terceiro era de pés. Meu favorito. Eram em tons de amarelo, o pé delicado de Ashley com unhas pintadas repousando sobre o de Ben. Eles estavam se abraçando, uma posição facilmente detectada pela posição de seus pés. Assim como o meu e os pés de Cameron... seus pés longos e claros com arcos perfeitos e dedos perfeitos... com meus pés entre eles.

A expressão de pedra do sr. Makenna não mudou. As sobrancelhas de Carmen se ergueram, como se ela estivesse silenciosamente surpresa com as imagens, enquanto o sr. Vladimir franzia o nariz.

— Não há diferença entre eles — ele disse, afirmando o óbvio.

Ele era novo nisso ou não sabia nada sobre publicidade. Possivelmente as duas coisas. Com mais decoro do que eu, Cameron sorriu com graça.

— Isso porque não há diferença entre os casais, sr. Vladimir. Porém um casal, em média, comprará três vezes mais o seu produto que o outro. — Ele se levantou com confiança, caminhou até a janela, cruzou as mãos atrás das costas. Cameron nem estava olhando para eles. Ele disse que, estatisticamente, os gays fazem mais sexo e como a população gay era mais sexualmente ativa entre 18 e 35 anos; e tinha, em média, uma renda nacional disponível de milhões, e esse era um mercado que não deveria ser ignorado.

O sr. Makenna olhou para Cameron, depois para mim. Eu podia ver que ele estava pensando, mas ainda não disse nada.

Tomando a palavra, sorri para eles.

— Esta forma particular de publicidade pode ser usada em revistas femininas e masculinas, internet, outdoors... as possibilidades são infinitas. — Olhei para cada um deles por sua vez. — Os anúncios de televisão seriam os mesmos; trocando o casal hétero pelo casal gay. Mesmas posições, mesma falta de roupa, tudo igual, exceto que um casal é do mesmo sexo. — Olhei para Makenna. — Sei que você está pensando que é arriscado, é provocativo. Mas o objetivo disso é não discriminar entre gays e heterossexuais, garantindo efetivamente que pelo menos oitenta por cento do mercado gay esteja inclinado a comprar a Lurex.

Renata e Sr. Vladimir assentiram, pensativos.

Continuei:

— Tenho algumas imagens de vídeo que gostaria de compartilhar. Contém linguagem imprópria para ouvidos delicados — eu disse, dando um sorriso para a mulher. — Mas se a sra. Renata aprovar, acho que é benéfico para o direcionamento dessa campanha.

Carmen Renata sorriu para mim.

— Lucas, não é?

— Sim, senhora — confirmei meu nome.

— Lucas, tudo bem. Não me importo com a

linguagem — ela disse com um sorriso tímido. — Obrigada pelo aviso.

Sim, ela gostou de mim. Arrisquei um rápido olhar para Cameron, e percebi que ele queria revirar os olhos para mim, mas não o fez.

— Isto é... um grupo de foco improvisado — expliquei quando comecei o vídeo. Os três assistiram enquanto eu aparecia na tela, fazendo perguntas para o público da boate. Mas foram as respostas dos homens que respondiam que nos interessaram mais.

— Uma empresa como a Lurex não teria coragem de colocar homens gays em uma campanha publicitária.

— Já estava na hora de uma empresa de camisinha entrar no século vinte e um!

Minha voz soou na tela quando perguntei à multidão:

— Se vocês sempre usassem preservativos da Lurex, mas outra empresa trouxesse preservativos para gays, vocês comprariam?

— Puta merda, sim!

— Com certeza!

Observei os três rostos enquanto eles assistiam às filmagens conforme outras perguntas eram feitas e respondidas. Levou apenas um minuto, mas foi curto, preciso e eficaz. Quando acabou, eu disse:

— Lemos todo o material de grupos de marketing que a Lurex fez ao longo dos anos, mas nada tão honesto quanto isso, não acham?

Sra. Renata sorriu pensativa, e sr. Makenna inclinou a cabeça. Mas ele ainda não disse nada. O sr. Vladimir torceu o nariz, de novo. Eu estava começando a não gostar do homem. Ele abriu a boca para dizer algo, mas Cameron falou em seu lugar.

— A próxima linha é voltada tanto para a educação quanto para o marketing — sua voz era bem baixa. — Sistemas de saúde, provedores, hospitais, centros comunitários, centros juvenis, escolas secundárias, faculdades.

Ele virou os dois painéis restantes para eles, e suas reações foram imediatas. Os dois eram em preto e branco; um homem, uma mulher; os dois magros, exaustos e obviamente indispostos. Havia escrito em cada um: *Preservativos custam menos de um dólar. Não usar um me custou tudo* e o segundo dizia: *Uma camisinha custa 80 centavos. O que pode custar a você?*

Cameron disse a eles:

— A *Fletcher Advertising* faz doações para um centro local especializado em tratamento de HIV. Filmei isso lá — ele disse, iniciando a apresentação visual. O vídeo dos dois pacientes, Amy e James, começou e nossos três convidados assistiram em silêncio. Foi confrontador e muito real. Me arrepiei assistindo, ouvindo suas histórias curtas, mas trágicas, como o mero custo de uma camisinha, ou mais importante, a falta dela, custou tanto a eles.

Cameron interrompeu a filmagem e os três executivos da Lurex o encararam. Ele franziu a testa com tristeza e disse a eles:

— Acho que vocês entenderam.

Então ele seguiu dizendo que sabia que era responsabilidade do governo fornecer educação sobre saúde e segurança. Que era arriscado ter uma associação negativa com o produto, mas também sabia que a Lurex doava mais de um milhão de dólares para pesquisa todos os anos. Um fato que a empresa não divulgava para o público.

Um fato que eles *deveriam* anunciar.

A sra. Renata e o sr. Vladimir assentiram, e o sr. Makenna falou pela primeira vez.

— Você está nos pedindo para deixar nossa atual empresa de publicidade. Por que deveríamos deixar a *Initiate Advertising*? Estamos com eles há anos.

— Sim, vocês estão — Cameron concordou. — E até agora, eles o serviram bem. Mas não o levarão mais adiante.

— E como a *Fletcher Advertising* fará isso exatamente?

— Com todos os nossos clientes — intervi —, temos um período inicial em que usamos certas ferramentas de rede para avaliar a reação do público. Se não acreditarmos que a campanha está tendo o desempenho esperado, reavaliaremos.

Sra. Renata pareceu um pouco surpresa.

— Ferramentas de rede?

Assenti.

— Dependendo do produto e da idade-alvo, usamos diferentes formas de mídia para obter *feedback* em tempo real. Dado que a faixa etária-alvo da Lurex é de 18 a 35 anos, nos concentraríamos em sites de redes sociais.

O sr. Vladimir torceu o nariz.

— *Facebook* e *Twitter* ?

Olhei-o diretamente nos olhos.

— Entre outros, sim. — Em seguida, olhando para os outros dois membros da Lurex, expliquei: — Usar esses sites nos dá um feedback imediato e honesto. Não um que o mercado-alvo disse há seis meses, não o que outros grupos focais estavam sendo pagos para dizer, mas o que o consumidor - *o cliente pagante* - pensa, agora mesmo.

Olhei para o sr. Vladimir.

— O uso desses sites não deve ser descartado. Eles são gratuitos, atingem um mercado de milhões diariamente, são facilmente acessíveis e em tempo real. Não há seis meses, nem na semana passada, mas — bati na mesa — bem agora.

Cameron disse:

— A *Fletcher Advertising* teve apenas sessenta e cinco horas para pesquisar tudo o que a Lurex tem a oferecer e, durante esse tempo, descobrimos que sua presença na Internet é muito deficiente. Temos pessoas especializadas que podem colocá-lo anos-luz à frente de seus concorrentes na Internet. Então — Cameron começou a encerrar —, oferecemos três componentes: os casais heterossexuais/gays, a linha educacional "o quanto isso vai te custar?" e a incorporação em nossa estratégia digital.

Terminei:

— É claro que todos precisaríamos reservar mais tempo para podermos estabelecer objetivos realistas de curto e longo prazo para determinar qual estratégia é mais adequada para vocês.

Charles Makenna olhou para nós dois e quase pude ouvir sua mente funcionando.

— Vocês certamente fizeram sua lição de casa.

Eu respondi:

— Claro que sim. Você não deve esperar nada menos da empresa que vai colocar o nome do seu produto em todas as formas de publicidade existentes.

— E fizeram tudo isso em sessenta e cinco horas?

Assenti. Ele ficou impressionado, eu poderia dizer. Então ele perguntou:

— O que você faria diferente se tivesse mais tempo?

Olhei para Cameron.

— Nada — eu disse. Então olhei de volta para o sr. Makenna e falei abertamente: — Eu não faria nada diferente.

O sr. Makenna ficou quieto por um momento, então perguntou:

— Como vocês sabem que isso vai funcionar?

— Porque somos os melhores no que fazemos — Cameron disse a ele, uma simples questão de fato. — E porque *você* sabe que vai funcionar. Você dirige um negócio corporativo multimilionário. Sabe o que funciona. E sabe, sem dúvida, que isso vai funcionar.

O sr. Vladimir fez a sua melhor atuação de Toupeira de *O vento nos salgueiros* até agora.

— Diga-nos novamente, por que deveríamos escolher vocês?

Eu estava prestes a perder a paciência com ele, mas Cameron deve ter sentido meu humor, porque ele respondeu.

— Sr. Vladimir, você é um homem de números, certo?

A habilidade de Cameron de ler as pessoas estava certa. O homenzinho bobo assentiu com orgulho.

Cameron sorriu.

— Você deveria nos contratar porque não quer explicar aos seus acionistas por que recusou a oportunidade de aumentar o lucro deles em *pelo menos* mais cinco por cento nos próximos doze meses.

Foi breve, mas eu vi. O canto do lábio do sr. Makenna se curvou para cima. Um sorriso. Ele se voltou para seus colegas.

— Carmen, Stefan, se não se importarem, eu gostaria de um momento — ele pediu de forma diplomática que eles saíssem.

A expressão em seus rostos me dizia que isso não acontecia com frequência. Ele esperou até que eles saíssem antes de se virar para nós. Dessa vez, abriu um sorriso verdadeiro.

— Vocês dois são sempre tão confiantes?

Cameron e eu respondemos ao mesmo tempo.

— Sim.

O sr. Makenna sorriu. Ele era um homem mais velho, provavelmente no final dos cinquenta anos. Estranhamente, ele me lembrou Frank Sinatra jovem, mas com cabelos mais escuros. Então, como se ele lesse minha mente, ele perguntou:

— Posso ser franco?

Quase ri, mas disfarcei com uma tosse. Cameron me lançou um olhar de advertência antes de se voltar para nosso convidado.

— Claro.

O sr. Makenna se encostou à grande mesa de

conferência.

— É uma campanha completa que vocês colocaram na mesa hoje, senhores. Devo admitir que estou impressionado.

Tentei não sorrir, enquanto Cameron olhava para ele como se não esperasse nada menos.

Makenna continuou:

— É corajosa. Audaciosa e honesta. Eu gosto. Expor o conceito gay nunca é fácil, mas acho que vocês fizeram isso bem. Sei que vocês dois são os melhores no que fazem — ele repetiu nossas próprias palavras. Então ele suspirou. — Vocês dois são vendedores excepcionais... muito confiantes... — suas palavras sumiram, e por um momento pensei que ele estava prestes a dizer não.

— ... o quanto de certeza vocês têm que esse conceito voltado para o público gay vai funcionar?

— Sr. Makenna — comecei, mas Cameron me cortou.

— Eu *sei* que isso vai funcionar, sr. Makenna — ele disse, seus olhos se desviaram para a câmera na sala, então voltaram para o homem na nossa frente. — Eu *sei* que isso vai funcionar, porque eu sou gay.

Puta merda.

Olhei para o sr. Makenna, tentando fingir que a confissão de Cameron não era nada fora do comum. Mas meu coração estava batendo forte... Meu Deus do Céu. O pai de Cameron, o sr. Fletcher estava assistindo e ouvindo. Um fato que Cameron estava ciente e acabou de assumir.

Puta merda.

Puta merda mesmo.

Um sorriso lento se espalhou pelo rosto de Makenna, um sorriso caloroso, quase agradecido. Os olhos de Cameron se desviaram por cima do ombro do homem, e eu sabia que ele estava olhando para a câmera. Ele estava olhando para o pai.

Cameron então disse:

— Conheço esse mercado-alvo. Conheço o produto. E, o mais importante, conheço a publicidade. Isso. Vai. Funcionar.

Nessas circunstâncias, fiz a única coisa que podia fazer. Fiquei ao lado de Cameron. Por mais que eu quisesse tranquilizá-lo, abraçá-lo, tocá-lo, não pude. Apenas fiquei ao lado dele, em demonstração de apoio, ou de frente unida, se preferir. Ele precisava saber que eu ficaria ao lado dele.

Makenna assentiu, e eu ainda estava em estado de choque. Meu coração estava batendo forte. Eu só podia imaginar como o de Cameron devia estar batendo ainda mais rápido.

Então o sr. Makenna pigarreou com um sorriso e um aceno, como se não pudesse acreditar em toda essa experiência surreal.

— Farei com que minha equipe jurídica entre em contato para formalizar os contratos — ele disse, apertou a mão de Cameron, depois a minha, e saiu pela porta.

Puta merda.

Conseguimos.

Nós conseguimos mesmo.

Olhei para o homem ao meu lado e sussurrei:

— Cameron...

Ele olhou para mim, assentiu e sussurrou de volta:

— Eu sei.

— Seu pai...

Ele assentiu e engoliu em seco.

— Eu sei.

Então as portas duplas atrás de nós se abriram, as portas que ligavam a sala de conferências ao escritório do sr. Fletcher. Nos viramos para encontrar o pai de Cameron parado ali.

Ele não olhava para mim. Estava olhando para o filho.

Eu me virei para olhar para Cameron. Ele estava com os olhos arregalados e pálido, e respirava com dificuldade.

— Cameron, olhe para mim — eu disse, só para ele. Ele o fez, e seus olhos piscaram para os meus. Ele precisava saber que não tinha que passar por isso sozinho. — Quer que eu fique?

Ele olhou de mim para seu pai, e depois para o chão entre nós. Ele balançou a cabeça lentamente.

— Não.

— Vou te dar dois minutos — eu disse enquanto me virava para encarar o sr. Fletcher. Sua expressão era uma que eu nunca o tinha visto usar. Eu não podia ter certeza, mas ele parecia estar à beira das lágrimas.

Caminhei até as portas duplas que Makenna acabou de passar e me virei para fechá-las atrás de mim. Mas antes que as pesadas portas de madeira se fechassem, vi o sr. Fletcher atravessar a sala rapidamente e envolver o filho com os braços.

CATORZE

ESTOU... COMEÇANDO A VER OS BENEFÍCIOS DOS RELÓGIOS DE CONTAGEM REGRESSIVA

Voltei para o meu escritório atordoado.

Conseguimos o contrato da Lurex.

E Cameron acabou de sair do armário.

Minha cabeça estava girando e eu precisava me sentar. Me acomodei na cadeira da minha escrivaninha, inclinei a cabeça para trás e fechei os olhos.

Ouvi a porta abrir e a voz calma de Rachel.

— Lucas?

Abri os olhos. Ela estava parada na porta com Simona, as duas com os olhos arregalados, chocadas, mas sorrindo.

— Vocês assistiram? — perguntei.

Elas assentiram.

— Cameron... o sr. Fletcher... — Rachel disse, aparentemente sem palavras.

Acenei para as duas garotas entrarem e, quando a porta se fechou atrás delas, olhei para Simona.

— Ele vai ficar bem? — Ela sabia que eu estava me

referindo a Cameron. Eu sabia que seu pai o abraçou, eu vi. Mas eu ainda estava preocupado com ele. — Se o Cameron sair de lá chateado, eu juro... se o pai dele tornar as coisas ainda mais difíceis para ele...

Simona balançou a cabeça.

— Não Lucas, ele não vai. Tenho certeza disso.

— Você ouviu alguma coisa que o pai disse a ele? — perguntei.

Rachel balançou a cabeça.

— Nós desligamos o monitor quando o sr. Fletcher o abraçou. Nós saímos da sala.

Simona me perguntou:

— Você sabia que ele era gay?

Assenti e respondi a ela:

- Ele me contou.

Ela sorriu.

— Eu disse a ele que ele poderia te contar.

Olhei para Rachel e ela explicou:

— Eu nunca soube ao certo, ele faz o papel de cara certinho tão bem. Mas Simona me disse na noite de sexta-feira, quando saímos da casa de Cameron, que devíamos deixar vocês dois sozinhos. E eu soube então, claro que sim.

Olhei para Simona.

— Quando ele te contou?

Ela balançou a cabeça.

— Longa história, mas basta dizer que em um fim de semana quando estávamos trabalhando juntos, eu... —

ela fez uma careta — ...dei em cima dele, e ele pareceu horrorizado. Eu meio que adivinhei.

Eu ri. *Horrorizado*. Eu poderia imaginar isso.

— Ah — Rachel disse.

Simona assentiu e riu.

— Não foi tão estranho quanto poderia ter sido. Então eu me tornei a única pessoa em quem ele podia confiar — ela acrescentou.

Houve um momento de silêncio entre nós três. Eu ainda não conseguia acreditar que ele simplesmente saiu do armário e disse isso com o pai nos assistindo. Me perguntei o que o levou a fazer isso, qual foi o fator decisivo, e fiz uma nota mental para perguntar quando tivéssemos dois minutos a sós.

Sorri com a ideia de ficar sozinho com ele. Eu disse a ele duas vezes que queria vê-lo fora do trabalho. E queria mesmo. A palavra "encontro" foi até mencionada...

— O que te fez sorrir? — Rachel perguntou, olhando para mim.

Eu nem percebi que estava sorrindo. Caramba, eu me sentia como um estudante tonto.

— Nada — respondi, embora achasse que elas poderiam adivinhar. — Vamos, vamos arrumar isso — sugeri, olhando para as pilhas de papéis e arquivos. Apesar da grave falta de sono, me sentia meio tonto. Bati palmas. — Agora começa o verdadeiro trabalho.

Ouvi uma batida rápida na porta antes que ela se abrisse, e o rosto sorridente do sr. Fletcher me cumprimentou.

— Lucas — ele disse, entrando na sala. — Vocês conseguiram a Lurex! — ele exclamou.

— Com certeza! — eu disse com um sorriso. Continuei empacotando os arquivos em minha mesa enquanto falava com ele. — O Cameron os colocou na palma da mão. Desde a primeira palavra que ele pronunciou, ele os pegou.

O sr. Fletcher olhou em direção à porta, meus olhos automaticamente seguiram os dele e vi Cameron parado ali, ouvindo.

— Você também fez a sua parte — ele disse, entrando. — Das três partes de toda a campanha, duas eram suas.

Ele sorriu para mim. Parecia cansado, exausto, na verdade. Sorri de volta para ele.

— A modéstia realmente não combina com nenhum de vocês — o sr. Fletcher disse com uma risada. Ele caminhou até nós, radiante, e colocou uma mão em cada um de nossos ombros. — Sei que eu disse que queria uma reunião com vocês, mas vão para casa. Durmam. Vocês dois. Não quero ver nenhum de vocês neste escritório até as nove da manhã de quarta-feira.

— Mas — comecei a objetar, olhando para a papelada na minha mesa.

— Vai discutir comigo, Lucas? — o sr. Fletcher perguntou com um sorriso.

— Não, senhor.

Ele riu e quase nos empurrou porta afora. Peguei minhas coisas e fui para o escritório com Cameron.

— Minhas chaves e meu carro estão na sua casa.

Ele bocejou.

— Não se preocupe. Vou levá-lo até lá.

— Tudo bem — eu disse, e ele reprimiu outro bocejo. — Talvez eu devesse dirigir — sugeri.

— De jeito nenhum — ele murmurou. — Você não vai dirigir meu carro. — E com isso ele se virou e caminhou em direção aos elevadores.

Olhei para o sr. Fletcher, Rachel e Simona. Eles estavam sorrindo para nós. Revirei os olhos para eles e segui Cameron até o elevador. Quando entramos e nos viramos, os três estavam nos observando, sorrindo.

Havia outras pessoas no elevador conosco, então não podíamos conversar abertamente. Embora eu não pudesse deixar de olhar para ele e sorrir. Cameron bocejou mais duas vezes e, quando chegamos ao seu carro, no subsolo, ele bocejou de novo.

— Argh — ele gemeu, balançando a cabeça. — Estou tão cansado.

— Me dê a chave — eu disse baixinho. — Me deixe dirigir.

Ele fez beicinho, mas entregou as chaves do carro. Cameron se sentou no banco do passageiro, com a cabeça encostada no encosto e os olhos fechados. Ele parecia cansado, lindo... tranquilo.

— Cameron — falei baixo, conduzindo o carro para o trânsito. — Você está bem?

— Hum-hum — ele murmurou o que achei que era um sim. Ele inclinou a cabeça para mim e abriu os olhos lentamente. — Sim.

— Grande dia, hein?

Ele bufou.

— Pode-se dizer isso. — Ele balançou sua cabeça. — Eu me abri com o meu pai hoje — ele disse, como se eu ainda não soubesse.

Eu sorri.

— E lá estava eu, pensando que a Lurex era a coisa mais importante na agenda de hoje.

Ele sorriu, mas ficou quieto. Seus olhos estavam semicerrados, e ele me observava enquanto eu dirigia.

— Seu pai recebeu a notícia bem?

Ele fechou os olhos novamente e assentiu. Mas ele parecia quase triste.

Desviei os olhos da estrada para seu rosto.

— Tem certeza de que está bem?

Ele manteve os olhos fechados e assentiu.

— Apenas muito cansado.

Eu não estava acreditando.

— Cameron? — chamei e ele abriu os olhos. — Ele disse algo que te chateou?

— Não — ele respondeu. — Ele me abraçou e disse que estava muito orgulhoso de mim, que me ama... — sua voz baixa morreu.

— Isso é bom, certo? — perguntei, olhando de seu rosto para o tráfego e de volta para ele.

Ele assentiu, mas depois franziu a testa. E eu sabia que algo foi dito, algo que o chateou, mas que ele não queria me contar.

— Cameron, por favor, fale comigo.

Eu poderia dizer que ele estava exausto, e seus olhos lentamente se fecharam novamente.

— Ele aceitou muito bem — ele disse baixinho. — Se

eu soubesse que ele iria aceitar isso tão bem... Isso me faz pensar o quanto da minha vida eu desperdicei.

— Ei. — Estendi a mão e apertei a sua. — Nada, nem um minuto. Não pense assim.

Ele deu de ombros, não convencido.

— Estou muito cansado — ele murmurou novamente.

Ele cochilou enquanto eu tinha que me concentrar em dirigir por alguns minutos, e logo estávamos parando na casa dele.

— Cameron? — Esfreguei sua coxa para acordá-lo. — Vamos, vou te levar para dentro.

Ele resmungou, mas eu o ajudei a entrar e o segui, enquanto ele subia as escadas. Ele literalmente caiu na cama, totalmente vestido. Eu o observei por apenas um segundo antes de decidir ajudá-lo tirando seus sapatos, revelando uma meia do Clark Kent e a outra do Superman. Ele riu e murmurou algo sobre mim e pés.

— Achei que você estava dormindo — eu disse.

Ele sorriu e tentou abrir os olhos.

— Não sei por que estou tão cansado — ele murmurou.

— Você dormiu cerca de dez horas em três dias. E saiu do armário hoje. — Eu o lembrei com gentileza. — É um peso enorme em seus ombros. Exigiu muito de você.

Ele assentiu e apertou os olhos, enquanto a lágrima escorria em seus cílios. Ele cobriu os olhos com as mãos, tentando esconder, mas um soluço baixo escapou dele.

Ah, Cameron.

Me sentei ao seu lado e tirei as mãos de seu rosto.

— Não precisa se esconder de mim — falei baixinho, esfregando sua bochecha com o polegar. — Pode chorar, Cameron. Você está exausto e foi um dia estressante e emocionante.

Novas lágrimas caíram e ele balançou a cabeça, traído por suas próprias emoções.

- Merda.

Me inclinei e beijei sua bochecha.

— Está tudo bem, Cameron. Você vai ficar bem.

Ele assentiu e apertou minha mão. Sem abrir os olhos, ele sussurrou:

— Fica?

Imaginando que ele provavelmente não deveria estar sozinho agora, tirei os sapatos e me deitei ao lado dele. E pela primeira vez em toda a minha vida, adormeci com um homem, sem estar exausto de sexo, nem embriagado.

Mas segurando sua mão.

Eu estava muito confortável. Quente e aconchegado, naquele lugar feliz e sonhador entre o sono e o despertar. Senti que deveria dormir mais, mas de alguma forma, o que era um milagre para mim, eu estava estranhamente feliz por estar acordado.

Até que meu travesseiro confortável se mexeu.

E o cobertor que me mantinha aquecido se moveu.

Resmunguei, sonolento, e então meu travesseiro e cobertor riram.

Olhei para cima, tentando entender meus pensamentos, e eu o vi.

Cameron.

Meu travesseiro e cobertor eram Cameron; que estava meio adormecido, mas rindo. Gemi e inclinei a cabeça para trás em seu peito, com seus braços em volta de mim.

— Estava me perguntando por que meu travesseiro se mexeu.

Ele riu novamente, e pude ouvir o som ressoar em meu ouvido. Saindo de cima dele, estiquei as pernas. Nós dois ainda estávamos completamente vestidos, de calça e camisa, e eu estava deitado ao lado dele, com nossos lados ainda se tocando. Apoiei a cabeça no braço dobrado.

— Você está se sentindo bem?

Ele assentiu e sorriu timidamente.

— Obrigado por ficar. E me desculpe por ter me emocionado antes.

— Cameron — eu disse, minha voz e meu olhar eram sérios. — Não se desculpe. Você, meu caro, é um homem gay assumido e orgulhoso. Mantenha a porra do queixo erguido, certo?

Ele respirou fundo e seus olhos brilharam.

— Não preciso mais me esconder, não é? — ele perguntou baixinho, e era mais uma afirmação que uma pergunta.

Balancei a cabeça e sorri para ele, e tivemos outro daqueles momentos em que apenas olhávamos um para o outro. Era de se imaginar que eu estava acostumado com eles. Tivemos tantos, mas eles ainda faziam meu coração bater estranhamente. Então ele estendeu a mão e passou seus longos dedos pelo meu queixo, provocando arrepios na minha espinha.

— Lucas — ele sussurrou meu nome, então me puxou para que pudesse me beijar.

Abri a boca para ele. Foi um beijo lento, sonolento, lânguido, com lábios gentis e línguas sem pressa. Seus olhos estavam fechados, e ele estava muito envolvido nesse beijo. Ele segurou meu queixo, enquanto seu outro braço envolvia minhas costas.

Sem interromper o beijo, me inclinei sobre ele, ficando assim por cima. Apoiei meu peso em meus cotovelos e segurei seu rosto. Ele gemeu quando coloquei meus quadris contra os dele, nossos paus se tocando através do tecido de nossas calças.

Ele inclinou a cabeça e abriu mais a boca, enquanto passava as mãos pelas minhas costas. Puxou minha camisa para fora da calça do terno, e pude sentir suas mãos na minha pele, nas minhas costas, nos meus ombros. Ele me agarrou. Seus dedos tentaram encontrar apoio, mas minha camisa deve ter atrapalhado.

Enquanto ele tentava desabotoar minha roupa, ele beijou minha mandíbula e rosnou de frustração. Pude sentir a urgência em como suas mãos tremiam.

Puxei suas mãos da frente da minha camisa e as prendi em seus lados. Seus olhos se arregalaram e eu sorri.

— Devagar, Cameron. Devagar — eu disse, beijando

seu pescoço. — Eu disse que queria passar um tempo com você.

Ele gemeu, e mordi seu pomo de Adão. Pude sentir seu pau contrair. Soltei suas mãos e fiquei de joelhos, um de cada lado de seus quadris. Segurei os botões de sua camisa, abrindo cada um lentamente, de forma provocador. Seus olhos estavam escuros, seus lábios estavam vermelhos e inchados, mas ele sorriu.

— Você vai me matar — ele disse, com a voz cheia de desejo.

Abri sua camisa e me inclinei para beijar seus lábios.

— Muitas mortes — sussurrei, meu nariz tocando o dele. — Muitas, muitas mortes.

Ele riu, e levei meu tempo para despi-lo. Expus cada centímetro de sua pele como um presente, só para mim. Pressionei meus lábios em seu peito, estômago, quadril e coxa. Ajoelhado entre suas pernas, levantei seus pés e tirei as meias. Dei adeus a Superman e Clark Kent, fazendo Cameron balançar a cabeça para mim e rir. Ainda segurando um de seus pés, mordi o arco perfeito, rangendo os dentes de brincadeira ao longo da pele. Ele sorriu, mas estava respirando com dificuldade, com os olhos estavam mais escuros.

Eu não me importava com minhas próprias roupas, tirei-as rapidamente e as joguei no chão. Ele estava nu diante de mim, e quando eu estava nu entre suas pernas, me inclinei sobre ele mais uma vez.

— Cameron, me diga agora se você não quer isso...

Sem dizer uma palavra, ele se inclinou para a mesa de cabeceira, abriu a gaveta e tirou pacotes de papel alumínio e um frasco de lubrificante. Mas eu precisava ouvi-lo dizer.

— Me diga.

Sua voz era rouca e calma.

— Eu te quero. — Suas mãos seguraram meu queixo, meu pescoço. — Quero que você me tome, me pegue... me coma.

Uma onda de desejo me fez estremecer e eu o beijei novamente. Deslizei meu corpo contra o seu, passando a língua contra a dele. O calor e a dureza de seu pênis se esfregaram contra o meu até que me afastei para poder abrir o pacote e colocar a camisinha no meu pau. Olhei para ele, sem mais palavras, sem mais dúvidas.

E então ele fez... aquela bela rendição. Abriu as pernas para mim.

Vulnerável, aberto e generoso, e eu o devorei. Beijei, lambi e chupei seu pescoço, seus mamilos, seu umbigo. Lambi seu pau, então chupei as bolas. Ele estava se contorcendo, gemendo e implorando ao meu toque, e não ouviu o clique do frasco de lubrificante. Quando coloquei sua cabeça inchada em minha boca, ele resistiu e gemeu, e deslizei meu dedo em sua bunda.

Ele ofegou e se contorceu, e eu chupei e lambi. Acariciei seu pau, puxei seu saco e toquei sua bunda. Ele agarrou os lençóis e arqueou as costas, e quando seu pau deslizou em minha garganta, penetrei um segundo dedo nele.

Ele gritou e seu pau inchou em minha boca me fazendo gemer perto dele. Quando penetrei um terceiro dedo em sua bunda disposta, curvando os dedos em sua próstata, ele resistiu e estocou minha boca. Com um grito final, Cameron flexionou, rígido, e seu pau entrou em erupção, gozando em minha garganta. Engoli o que ele me deu.

Tremores violentos o percorreram. Enquanto ele ainda estava gozando, pressionei meu pau dolorido em seu ânus pronto. Ele abriu os olhos, mas o fechou em seguida, pressionando a cabeça nos travesseiros, com o pescoço tenso. Seu pau estava pulsando e vazando.

Empurrei cada centímetro de mim nele, que me tomou por inteiro. Caramba, este era o Cameron. Eu estava transando com o Cameron. Eu o beijei, deixando-o provar a si mesmo na minha língua, comendo sua boca enquanto comia sua bunda.

Mas era lento, sensual, estávamos nos movendo e deslizando. Foi bom pra caramba. Ele afastou a boca da minha e gemeu em meu ouvido.

— Eu imaginei isso — ele sussurrou.

Me afastei, me apoiando nos antebraços, para poder ver seu rosto. Meus quadris nunca pararam de estocar nele, de forma lenta, profunda.

— Sonhei com isso — ele me disse, gemendo e arqueando com cada estocada.

— É o que você imaginou, Cameron? — perguntei em seu ouvido. Capturei o lóbulo de sua orelha entre os dentes e lambi. — É?

— Melhor. — Ele ofegou, arranhando minha pele com suas unhas. — Porra, tão bom.

Descendo, puxei uma de suas pernas para cima, forçando meu pau a ir mais fundo dentro dele.

— Ah — ele gritou e resistiu, e eu pude sentir seu pau duro inchar entre nós.

— Você ainda está duro — resmunguei em seu pescoço. Eu estava apoiado em um braço, segurando sua perna com o outro, então disse a ele: — Acaricie seu pau para mim.

Então ele o fez. Deslizou a mão entre nós e o acariciou para cima e para baixo, se masturbando enquanto eu continuava a comê-lo. Eu não conseguiria aguentar por muito mais tempo; ele estava muito tenso, muito quente e eu, muito duro, muito perto.

— De novo — ele murmurou. — Ah, de novo. Puta merda. Vou gozar de novo.

E foi isso. Meu autocontrole se rompeu.

— Simmm — sussurrei, quente em seu ouvido, estocando mais forte. — Quero sentir você gozar quando eu estiver enterrado dentro de você.

Sua mão o acariciou mais rápido, e eu estoquei mais forte. Eu estava bem ali, muito perto. Estoquei com força, o preenchendo, uma, duas, três vezes. Eu o beijei, longa e profundamente, quando ele gozou de novo.

Engoli seus gritos quando seu pau se derramou, quente e grosso entre nós, enquanto sua bunda apertava meu pênis. Eu o comi, com muita intensidade, até que o quarto girou e não houve nenhum som quando meu pau esvaziou na camisinha.

Enquanto eu flutuava de volta para o meu corpo, estava ciente de me sentir quente, suado e melado, me sentindo muito, muito bem. Senti o toque de dedos leves como plumas traçando padrões em minhas costas e de beijos em meu cabelo.

Eu não queria sair dele. Poderia ficar dentro dele para sempre. Mas precisava, e saí com relutância.

Mantive meu domínio sobre ele, que continuou com os braços em volta de mim como se nenhum de nós quisesse que acabasse.

Ficamos deitados assim até nossa respiração desacelerar.

— Banho? — perguntei.

— Claro — ele respondeu. — Vou pegar uma toalha limpa.

Me inclinei em seu peito e sorri.

— Você vem comigo — eu disse a ele. — Não estou nem perto de terminar com você ainda.

Ele riu, e eu me levantei, puxando-o com gentileza para ficar de pé. Perguntei se ele estava bem, e ele jurou que sim.

— Na verdade, estou mais do que bem — ele emendou. — Muito melhor do que bem.

No chuveiro, eu o ensaboei e o lavei, tomando cuidado extra com sua bunda. Lavei seu cabelo, beijei seus lábios e quando terminamos, eu o sequei.

Fui até seu guarda-roupa e me servi de roupas. Tínhamos altura e constituição parecidas, então o jeans e a camisa dele me serviam perfeitamente.

— Você não se importa, não é? — perguntei com um sorriso, fechando a calça.

Ele me observou, com uma toalha em volta da cintura, e balançou a cabeça.

— De jeito nenhum.

Sorri de volta.

— Fique aqui, no seu quarto — disse a ele. — Vamos deitar na cama e assistir um pouco de TV — falei, apontando para a tela plana na parede. — Vou pegar um pouco de água para nós. Quer algo para comer?

Ele balançou a cabeça negativamente, ainda sorrindo.

— Talvez mais tarde.

Quando desci, a primeira coisa que notei foi que estava escurecendo lá fora e eu não tinha ideia de que horas eram. A segunda coisa que vi foi aquele maldito relógio de contagem regressiva. Estava piscando zeros para mim.

E isso me deu uma ótima ideia.

Peguei duas garrafas de água e o relógio de contagem regressiva. Quando voltei para cima, me desviei para o banheiro para pegar o segundo saco de amostras da Lurex.

Sorrindo como um idiota, voltei para o quarto de Cameron. Ele estava deitado na cama, de jeans e camiseta, apoiado em travesseiros com o telefone na mão.

— Acabei de receber uma mensagem da minha mãe — ele disse baixinho, sem erguer os olhos. — Ela quer que eu ligue quando "acordar". — Ele parecia hesitante.

— Cameron, você saiu do armário hoje — eu o lembrei gentilmente. — É claro que ela ia querer falar com você.

Ele assentiu e suspirou.

— Sim, eu sei. Só quero um tempo para colocar minha própria cabeça no lugar antes que a realidade apareça — ele disse. — Não estou me escondendo.

Assenti.

— Eu sei. Leve todo o tempo do mundo. Eles vão querer falar sobre isso e você precisa estar pronto.

Ele sorriu, aliviado. Então olhou para o que eu estava segurando.

— O que você está fazendo?

Sorri para ele. Larguei as garrafas de água na cama e joguei a sacola da Lurex no chão para colocar o relógio de contagem regressiva na cômoda.

Conectando-o, sorri e perguntei a ele:

— Que horas são?

Ele olhou para o telefone.

— Hum, seis e quinze? — Ele realmente não tinha ideia do que eu estava fazendo.

Rapidamente fiz as contas e acertei o relógio.

38:45

— Isso, meu caro, é quanto tempo temos antes de voltarmos ao trabalho na manhã de quarta-feira.

Ele olhou para mim, claramente confuso.

Peguei o saco de papel pardo e joguei as amostras de Lurex na cama dele. O vibrador de cor nude, estimulador de próstata prateado e uma série de preservativos e pacotes de amostra de lubrificante sobre os lençóis.

— E estes, meu caro, são itens que devemos usar para gastá-lo.

Um sorriso lento se espalhou em seu rosto, e eu me arrastei para a cama, beijando-o de leve nos lábios.

Então eu ri e esfreguei meu queixo, como se estivesse pensando.

— Sabe, se trouxermos o quadro branco, poderíamos adicionar seus preciosos incrementos de tempo para cada produto — eu disse, olhando para a variedade de produtos da Lurex que tínhamos para brincar. — Você sabe, para que possamos rastrear nossas proporções de produto/tempo.

Ele ofegou, como se eu o tivesse ofendido, mas estava sorrindo. Ele olhou para o relógio, depois para os produtos e então para mim. Ele segurou minha camisa e puxou meu rosto a centímetros do seu. Seus olhos casta-nhos brilharam e ele umedeceu os lábios.

— Cale a boca, Hensley. Você está perdendo tempo.

QUINZE
ESTOU... ME APAIXONANDO POR ELE

38:45

CAMERON ME BEIJOU. PUTA MERDA, COMO ELE ME BEIJOU... tão certo, tão exigente. Sua língua era dominante em minha boca, suas mãos eram fortes e no comando do meu corpo.

Ele afastou a boca para longe, e nós dois ofegamos para respirar.

— Caramba — ele gemeu, beijando meu pescoço. — Como eu posso querer mais? Você já me fez gozar duas vezes...

— Isso é um desafio? — perguntei, ofegante. — Porque, meu caro, eu posso fazer melhor do que apenas duas vezes.

Seus olhos brilharam e ele estava prestes a dizer alguma coisa, mas meu telefone tocou e *Proud Mary,* de Creedence soou da minha calça ainda no chão.

Cameron me deu uma sobrancelha levantada e um sorriso, e eu cutuquei suas costelas, dizendo a ele:

— É o toque da minha mãe.

Ele riu e saiu de cima de mim, então rolei da cama para pegar meu telefone.

— É melhor eu atender — disse a ele.

Ele sorriu.

— Vou preparar algo para comer. Desça quando terminar.

Assenti e atendi ao telefone.

— Oi, mãe!

38:32

No andar de baixo, encontrei Cameron ocupado na cozinha cortando verduras e legumes. Ele sorriu para mim.

— Tudo bem em casa?

Assenti.

— Sim. É que não liguei para ela ontem à noite. Eu costumo ligar nas noites de domingo e me esqueci completamente. — Me sentei no banco da ilha. — Ela estava prestes a começar a ligar para hospitais e delegacias de polícia — eu disse com uma risada e revirei os olhos.

Cameron olhou para mim e sorriu. Quando ele me deu as costas, para esquentar a wok, roubei um punhado de tiras de cenoura. Ele me olhou.

— Você pegou da tábua de cortar?

Balancei a cabeça e sorri, tentando engolir a evidência, o que me fez engasgar.

E o cretino sorriu.

— Bem-feito — ele disse. Com algo próximo à simpatia, ele me entregou uma cerveja.

— Sim, obrigado — gritei entre acessos de tosse.

Ele riu e eu tentei desalojar a cenoura com um gole de cerveja. Ele riu quando isso só me fez tossir mais e meus olhos lacrimejarem, e eu o chamei de vários nomes.

Cameron sorriu, adicionando diferentes coisas de embalagens da despensa e dez minutos depois, estávamos comendo um refogado.

Estava muito bom. Com toda a justiça, era melhor que o meu.

Não que eu fosse dizer isso a ele.

37:48

Conversamos durante o jantar. Foi fácil, sem esforço. Ele era muito engraçado. Me contou histórias da sua juventude, quando tentou gostar de garotas e percebeu, sem dúvida, que era gay.

— Quando você saiu do armário? — ele perguntou.

— Eu tinha quinze anos. Minha mãe me disse que eu era gay.

— Sua *mãe* te disse? — ele perguntou, incrédulo. Estava tentando não sorrir.

— Estávamos assistindo a mergulho masculino na TV — expliquei, e Cameron assentiu em compreensão. — Ela me disse para fechar a boca porque eu estava babando.

Ele riu.

— Sua mãe parece uma mulher incrível.

Revirei os olhos.

— Ah, você não tem ideia.

Ele pegou no rótulo da cerveja.

— Então, você sempre foi aberto sobre quem você é? Mesmo no ensino médio e na faculdade?

Assenti.

— Sim.

Ele se encolheu um pouco, como se assumir aos vinte e seis anos de idade não fosse bom o suficiente, ou que eu fizesse isso parecer fácil.

— Cameron, o ensino médio para mim foi um inferno. Fui perseguido, intimidado, espancado... pode escolher o que for, que eu passei.

Ele olhou para mim com os olhos arregalados.

— Sinto muito — ele disse.

— Pelo quê? — perguntei. — Não, não foi fácil para mim, mas toda vez que me xingavam, toda vez que me empurravam para dentro dos armários, isso só me tornava mais forte, mais determinado.

Ficamos em silêncio por um momento. Peguei nossos pratos da mesa.

— Nunca é fácil, em nenhuma idade — eu disse, caminhando para a cozinha.

Ele me seguiu.

— Sabe, foi isso que me fez tomar essa decisão.

Olhei para ele em questão.

— Foi o que me fez dizer isso... para o Makenna... daquele jeito — ele explicou.

Parei de limpar e olhei para ele, dando-lhe toda a minha atenção.

— Makenna tem o que, cinquenta anos? Talvez

cinquenta e cinco?

Concordei.

— Sim, por aí.

— E ele teve que pedir a sua equipe para sair para que pudesse falar livremente — Cameron apontou. — Não queria ser como ele. Aquilo me atingiu, eu tenho vinte e seis anos. Cada dia que eu não fazia isso, era mais um dia que eu perdia. Eu não queria ser um cara velho com muito medo de viver, sabe ?

Concordei.

— Eu sei.

— E foi como um momento agora ou nunca — ele disse. — As palavras... quando acabei de dizê-las. Meu coração estava batendo tão forte. Achei que fosse desmaiar.

Eu sorri para ele.

— Você foi incrível — disse a ele, fazendo-o corar.

Então seu telefone apitou com outra mensagem.

— Argh — ele gemeu. — É o meu pai.

Ele leu a mensagem em voz alta. *Pelo amor de Deus, por favor, ligue para a sua mãe!*

Eu ri.

— Vou arrumar tudo aqui. Tire seu pai da miséria, e vá ligar para sua mãe.

Dez minutos depois, eu tinha terminado. A cozinha estava arrumada e caminhei em direção ao som da voz de Cameron.

— Amanhã à tarde mãe, venha amanhã. Só preciso de um tempo... sim, eu vou... não, mãe, eu vou ligar para o Ben... hum-hum — ele assentiu. Então seus olhos se voltaram para os meus e ele falou ao telefone: — Bem, na verdade, ele ainda está aqui.

Houve um breve silêncio, então ele me disse:

— Minha mãe mandou um oi.

Eu sorri.

— Olá, sra. Fletcher — eu disse, alto o suficiente para ela ouvir.

Cameron tirou o telefone do ouvido e pude ouvir um grito estridente. Cameron murmurou ao telefone:

— Sim, obrigado, mãe. Isso não é nada embaraçoso.

Eu ri e me ajoelhei no sofá ao lado dele. Lentamente, movi a perna e montei nele. Cameron arregalou os olhos e inclinou a cabeça para trás, então ele estava olhando para mim.

— Ah, mãe, eu tenho que ir...

Me inclinei e lambi sua mandíbula. Ele gemeu.

— ...sim, amanhã...

Chupei o lóbulo de sua orelha. Ele estremeceu.

— ...mais tarde... depois do almoço...

Arranhei seu pescoço e mordi sua pele. Ele ofegou.

— ...ah, certo... humm... claro... tchau, mãe.

Ele jogou o telefone e gemeu.

— Você não joga limpo.

— Eu jogo para ganhar — disse com uma risada, e passei meus lábios de sua mandíbula até sua boca. — Já perdemos muito tempo. Aquele relógio de contagem regressiva está terrivelmente solitário lá em cima.

36:08

Me ajoelhei e acenei para ele, puxando-o lentamente para a cama comigo. Eu me deitei, arrastando-o comigo, para que ele ficasse por cima. Ele gemeu, e minha pele se arrepiou com o som.

Levantei sua camisa, expondo seu belo peito. Ele logo descartou a minha, e suas mãos percorreram cada centímetro da minha pele.

Eu podia sentir a protuberância e o calor de sua ereção. E ele podia sentir o quanto estava me excitando.

Mas ele não se moveu para tirar meu jeans.

35:28

Ele gemeu, inclinando a cabeça para trás.

— Humm, aí está — gemi. — É uma sensação boa, baby?

Sua resposta foi outro gemido.

— Puta merda.

Eu estava ajoelhado entre suas coxas, com seus joelhos levantados. Uma de suas mãos acariciava seu pau inchado, e a outra mão movia o estimulador de próstata para dentro e para fora de sua bunda bem lubrificada.

Eu o observava enquanto ele fazia isso, encorajando-o, enquanto me acariciava. Ele era lindo pra caramba. O brilho do suor que cobria seu corpo longo e pálido; como seus músculos se contraíam sob sua pele, seu abdômen e as coxas flexionavam conforme seu orgasmo se aproximava. O rosto dele... ah, minha nossa, o rosto dele...

Seus olhos estavam fechados, a mandíbula apertada, sua boca estava aberta.

— Puta merda, ah, caramba — ele estava gemendo.

— Abra os olhos, baby — eu o convenci. — Veja o que você faz comigo.

Ele abriu os olhos e olhou para o meu rosto, em seguida, os desviou para o meu pau. Me acariciei com mais força, mais rápido.

Ele gritou:

— Ah, puta merda, Luc, sim, por favor, por favor...

— Suas costas arquearam, e ele apertou seu pênis, jorrando esperma em seu estômago. Seu orgasmo convocou o meu, intenso, um prazer tão puro que me fez jorrar quente e grosso em sua pele.

34:16

— Você não pode ficar com eles — eu disse novamente.

— Eles são meus!

Ele riu.

— Por favor — ele implorou e piscou.

— Nem mesmo os poderes deslumbrantes do todo-poderoso Cameron Fletcher vão me fazer desistir — eu o avisei com uma risada. — As meias Han Solo e Chew-bacca são minhas.

Ele ficou de joelhos e montou em mim, prendendo meus braços ao meu lado.

Rindo e sorrindo lindamente, ele exigiu:

— Diga seu preço, Hensley.

32:04

— Humm — gemi. — Aí.

— Está bom? — ele sussurrou na parte de trás do meu pescoço.

— Ah, sim, muito bom — murmurei, com o rosto pressionado nos travesseiros. Eu estava deitado de bruços e ele estava montado em mim. Eu estava nu, assim como ele, enquanto apertava os dedos tão talentosos em meus ombros.

Acho que ele podia ter exagerado um pouco com o óleo de massagem Lurex Play, porque estávamos cobertos dele.

Era escorregadio e melado, então, por algum motivo conhecido apenas por Cameron, ele achou que seria engraçado tentar me fazer cócegas.

Mas eu resisti quando ele alcançou em minhas costelas, e ele deslizou para fora da cama.

Ri tanto que tive que ir fazer xixi.

Me custou as meias de *Star Wars*.

31:46

— Ah, puta merda! — Cameron exclamou. — Elas brilham no escuro!

Voltei para a cama depois de desligar o interruptor de luz e me ajoelhei.

— Eu te disse! — Me arrastei até ele, nós dois de joelhos, nossos pênis iluminados se projetando entre nós.

Então ele riu.

— Parecem sabres de luz.

Ah, caramba.

Eu não pude deixar de rir.

— Se você começar a fazer ruídos de sabre de luz, vou pegar minhas meias de volta.

Ele bufou.

— Hummmm, olhe para isso. Meu sabre de luz é mais longo que o seu...

Engoli em seco, profundamente ofendido e apenas um pouco divertido.

— O meu é mais grosso — sibilei para ele, empurrando-o para trás na cama. Envolvi a mão em seu longo *sabre de luz verde*. — Não vai ser engraçado com o meu sabre de luz enterrado na sua bunda?

Ele gemeu, empurrando os quadris para mim, me desafiando, me incitando.

Quinze minutos depois, ele estava de quatro, se contorcendo, e meu pau pulsava profundamente em sua bunda. Eu podia ver o verde iluminado do meu pau desaparecer em seu ânus, entrando e saindo, mais rápido, mais fundo. Ele inclinou a cabeça para trás e soltou um gemido longo e baixo.

Me inclinei sobre ele e falei em seu ouvido.

— O que acha agora? Longo e grosso o suficiente?

E ele ficou de joelhos e soltou um rosnado gutural quando gozou na camisinha que brilhava no escuro. Sua bunda apertou meu pau, e seu corpo estremeceu enquanto eu o comia forte até gozar.

31:16

Exausto e completamente saciado, encontrei uma toalha, a umedeci com água morna e cuidei de Cameron. Ele estava quase dormindo, de bruços, então o limpei cuidadosamente.

Quando me arrastei para a cama ao seu lado, ele pousou a cabeça no meu peito. Passei os braços ao seu redor, e ele se aconchegou em mim, já dormindo.

Empurrei seu cabelo para trás, beijando o topo de sua cabeça.

Adormeci, muito satisfeito.

E muito feliz.

23:34

Acordei devagar e, curiosamente, de bom humor. Estava claro, eu estava confortável e senti como se tivesse dormido por uma semana.

Mas acordei sozinho.

Me espreguicei e finalmente me sentei, olhando ao redor do quarto de Cameron para a bagunça que fizemos. Havia pacotes de papel alumínio por toda parte, alguns abertos, outros não, os lençóis estavam bagunçados, havia toalhas na cômoda e roupas no chão.

Parecia que dois caras passaram horas aqui transando.

Ah, espere.

Nós passamos.

Eu sorri.

Me levantei e vesti a calça jeans, na verdade a de

Cameron, e desci as escadas. Eu podia ouvi-lo na cozinha e sorri quando o vi.

Ele estava vestindo jeans e uma camiseta, sem ter tomado banho e com a barba por fazer, preparando o café da manhã.

— Ah, oi — ele disse com meio sorriso. — Eu estava fazendo algo para comer. Acordei morrendo de fome.

Eu ri.

— Não estou surpreso — falei com um sorriso. — Nós queimamos muita energia ontem à noite.

— Bem, você acordou de bom humor — ele disse. Ele era tão presunçoso.

Eu o olhei de cima a baixo, de seu sorriso arrogante a seus pés descalços, ah, minha nossa. Desviei o olhar de volta para seu rosto.

— Bem, não posso levar todo o crédito.

Ele sorriu e corou, voltando para a frigideira.

— Você gosta de ovos com bacon?

— Vem com café?

Ele sorriu.

— Você pode fazê-lo?

Revirei os olhos para ele. Que tipo de pergunta estúpida foi essa?

22:12

— Aqui, pegue o canto — ele instruiu.

Dobrei a ponta do lençol e, levantando o colchão, coloquei-o.

— Não sei por que estamos nos preocupando em refazer a cama. Vamos bagunçar tudo de novo.

Ele riu.

— A ideia foi sua!

— Sim, bem, os lençóis estavam uma bagunça — eu disse a ele. — Mas olhe pelo lado bom... agora vamos bagunçá-los de novo!

Peguei o vibrador e me joguei de costas na cama recém-arrumada.

— Você sabe, não usamos isso ainda.

Cameron mordeu o lábio e olhou para o relógio. Ele resmungou:

— Humm... meus pais estarão aqui em algumas horas.

— Algumas horas, é? — ponderei em voz alta. Muito tempo.

— Sinto muito — ele se desculpou.

— Pelo quê?

— Passar tempo com meus pais provavelmente não é como você imaginou passar as últimas vinte horas — ele disse.

Acenei com o vibrador para ele.

— Tenha certeza de que não é... quer dizer, seu pai é um homem bonito, mas ele é velho demais para mim... — eu disse, brincando com ele.

Cameron ofegou e abriu a boca. Ri de sua expressão, e ele me surpreendeu ao se lançar sobre mim, me empurrando para o colchão e prendendo minhas mãos nas laterais da minha cabeça. Ele sorriu, me encarando com ousadia em seus olhos.

— É mesmo?

Eu sorri e assenti.

— Sim, e ele é hétero também... realmente não é meu

tipo.

Ele riu e, ainda segurando meus braços para baixo, se sentou em meu estômago. Olhei para sua virilha; a braguilha estava bem na minha frente. Ele empurrou os quadris.

— Vê algo de que gosta? — ele perguntou, acenando com o pau na minha cara. — Parece um pouco faminto aí, Lucas — brincou.

O brincalhão Cameron era perigoso e sexy pra caramba.

Gemi.

— Humm, sempre. Agora que sei qual é o seu gosto — eu o provoquei —, eu poderia comer seu pau o dia todo.

— Puta merda — ele gemeu, e eu ri.

Ele não poderia me vencer neste jogo.

Cameron ainda estava sentado em mim, mas soltou meus braços, então estendi a mão e agarrei seus quadris.

Empurrando-o para baixo, me sentei e ele ficou montado em mim. Seu rosto estava perto do meu, olhei bem em seus olhos e disse:

— Algumas horas é tempo de sobra.

Ele sorriu.

— Para quê?

Umedeci os lábios e sussurrei em tom rouco:

— Tempo suficiente para comer sua boca com meu pau, sua bunda com o vibrador até você me implorar para deixá-lo gozar. E *então* fazer tudo de novo.

Sua respiração ofegou e seus olhos reviraram.

Eu sorri para ele.

— Mas antes disso, *você* vai me comer.

Seus olhos se arregalaram e eu passei as mãos por seu cabelo, puxando seu rosto para mais perto do meu.

— Quero o seu pau na minha bunda. Quero saber como é ter você dentro de mim.

Ele fechou os olhos e estremeceu. Beijei seus lábios, e ele reagiu me beijando forte, esmagando brutalmente sua boca na minha. Profundo e lento, real e certo. Ele segurou meu rosto, meu pescoço, com os dedos enfiados no meu cabelo, e eu me derreti. Completamente.

Cameron empurrou meu corpo para baixo e colocou seu peso sobre mim. Parecia divino.

E certo.

Nunca pareceu tão certo.

Ele me deu um beijo mais profundo e longo, de alguma forma mais suave. Estava no comando desse beijo. E eu sabia que me entregaria a ele. Tinha certeza. Era o que eu queria isso.

Fui passivo algumas vezes e gostei. Quero dizer, com o parceiro certo era ótimo.

Mas isso foi diferente...

Eu não *apenas queria* ser passivo com ele. Eu *precisava* disso. Havia um desejo em meu ventre, quente e dolorido, que precisava que Cameron me comesse. Um desejo na base da minha espinha que eu sabia que só seria saciado quando ele estivesse dentro de mim.

E isso era novo. Nunca senti antes.

Minha mente girava em círculos e ele ainda estava me beijando, nossas bocas estavam escancaradas e sua língua deslizava contra a minha. Pressionei suas costas enquanto ele me deitava no colchão. E isso me atingiu, como uma tonelada de tijolos, que meu desejo de me entregar a ele, de deixá-lo me comer, não era físico. Não era nada físico.

Era emocional.

Eu estava me apaixonando por ele.

Ele me sentiu paralisar e afastou a boca da minha. Seus olhos brilhavam com luxúria e luz, e pensei que ele poderia ver minha conclusão ao olhá-lo.

Sabia que ele sentia o mesmo. Ele admitiu que me queria há meses, que eu era tudo em que ele conseguia pensar...

— Luc, você está bem?

Podia sentir meus olhos se arregalarem com compreensão. Eu estava me apaixonando por ele, como ele estava se apaixonando por mim. Assenti.

— Sim — tentei dizer, mas minha voz era apenas um sussurro.

— Tem certeza de que quer que eu...

Assenti de novo. Nunca tive tanta certeza de nada.

— Cameron, tenho certeza.

21:48

Ah, puta merda.

Isso dói. De um jeito tão bom. Puta merda.

Ele estava chupando a cabeça do meu pau, lambendo com sua língua que girava e masturbando minha ereção. E estava com os dedos na minha bunda, me preparando, me alongando.

Puta merda.

Puta merda.

— Cameron, por favor — implorei a ele. — Estou pronto. Preciso de você, Cam... dentro de mim... quando eu gozar...

Eu não estava fazendo sentido, mas minha mente estava estilhaçada e meu corpo estava em chamas. Minha pele estava queimando sem dor, meus ossos estavam totalmente aquecidos. Então ele me penetrou com seu pau longo e escorregadio, me esticando, me tomando, devagar, com certeza.

E não foi o suficiente.

Levantei os quadris e envolvi as pernas em suas costas, e ele se inclinou mais para frente, apoiando nas mãos, empurrando seu pau mais fundo dentro de mim.

— Ah, porra — ele murmurou. — Puta merda.

Se apoiando nos cotovelos, ele empurrou meu cabelo para trás. Suas mãos embalaram meu rosto e ele me beijou, de leve, com ternura. Sua língua tomou minha boca, com carinho, reverência. Ele estava total-mente dentro de mim, cada centímetro estava enterrado dentro de mim; Eu podia sentir seus quadris na minha bunda.

Ele não estocou. Se moveu de leve, pressionando cada vez mais fundo em mim enquanto seus lábios e língua permaneciam nos meus.

E nós não estávamos transando.

Acho... eu acho...

...estávamos fazendo amor...

— Ah, Cam — ofeguei.

Eu podia sentir seu corpo tremer. Ele estava tentando evitar o orgasmo.

— É demais — ele sussurrou contra meus lábios. — Puta merda, Luc.

Se apoiando em um cotovelo, ele deslizou a outra mão entre nós. Segurou meu pau, acariciando minha ereção.

E começou a murmurar no meu ouvido.

— Tão duro... puta merda, tão apertado... tão quente... meu pau... está tão dentro de você... nunca sonhei... que poderia ser tão bom...

Sua respiração era quente e úmida contra a minha pele e em meu ouvido. E eu estava bem ali, tão perto, mas tão perto, que se ele estocasse com mais força, eu gozaria. Eu não aguentava mais. Agarrei seus ombros e apertei minhas pernas em torno dele.

— Ah, Cameron. Me come, por favor. Me come, me come.

Ele foi rápido para se inclinar para cima em uma mão, mudando o ângulo de seu pênis enterrado em mim, e estocou com força. Agarrou meu pau com mais força, e arqueei para ele quando irrompi entre nós.

Acho que gritei.

Acho que tive uma bela morte.

Eu estava ciente apenas dele. Apenas de Cameron. Ele resistiu e estremeceu, e resistiu novamente. Seu corpo inteiro tremeu e com um grunhido agudo, ele gozou. Eu podia sentir o jorro e o inchaço de seu pau na minha bunda enquanto ele enchia a camisinha.

Ele caiu em cima de mim, ainda se contorcendo, beijando cada parte do meu pescoço que podia alcançar. Saiu de mim, embora eu não quisesse. Queria que ele ficasse em mim, dentro, ao meu redor. Fechei os olhos por um momento, e então ele me acordou, dizendo que o banho estava pronto.

20:56

A água estava quente e até nossos pescoços. Ele se sentou de frente para mim, com as pernas do lado de fora das minhas. A banheira era profunda e grande, antigo de ferro fundido. Era divino.

Minha cabeça estava inclinada para trás contra os ladrilhos, meus olhos estavam fechados, meu corpo esgotado.

Havia um silêncio tranquilo entre nós, e isso me deu tempo para pensar.

Minha percepção absoluta, antes, de que estava me apaixonando por esse homem, estava na minha cabeça. Era uma ideia com a qual eu poderia me acostumar. Era um conceito novo para mim, apesar de tudo, e não pude deixar de me perguntar o que havia nele que me cativou.

Então senti.

Seu pé. No meu peito.

Abri os olhos e seu pé comprido, pálido e úmido estava a poucos centímetros do meu rosto. Seus olhos estavam fechados e ele estava sorrindo. Ele estava me provocando porque sabia que eu tinha uma queda por pés... estava brincando comigo.

Agarrei seu pé e o mordi. Gentilmente, mordisquei o arco e a planta do pé. Ele estava me observando agora, ainda sorrindo, e levantou o outro pé, oferecendo-o para mim também.

Então o mordi também. Depois o beijei e chupei seu dedo do pé. Ele sorriu, e seus olhos estavam fixos em meu rosto. Segurei seus pés perto do meu rosto, esfregando em minha bochecha, e olhei para ele.

E nenhum de nós disse uma palavra.

20:13

Foi a primeira vez que nos aventuramos lá fora em Deus sabia quanto tempo. Chegamos a uma delicatessen que Cameron frequentava, a apenas dois quarteirões de distância. Segurei a porta para ele, e quando ele entrou, levei a mão a parte inferior de suas costas.

E ele congelou.

Afastei a mão e caminhamos até o balcão.

— Sinto muito — ele disse ele. — Sinto muito. É um hábito... não estou acostumado.

Sorri para ele, me esquecendo de como ele era novo nisso.

— Desculpe, eu não pensei...

— Não, está tudo bem — ele disse. Então ele olhou para mim. — Está tudo bem, não está?

Assenti e ele exalou. Ficamos no balcão esperando para sermos atendidos, e ele se balançava. Olhei para ele, que sorriu.

Quando a pequena senhora atrás do balcão nos perguntou o que queríamos, Cameron se inclinou para frente, com a mão na minha cintura, e me perguntou qual salada eu gostaria. Sorri para ele. Ele estava tocando um homem em público pela primeira vez. Era gentil e quase imperceptível, mas qualquer um que olhasse saberia que era uma demonstração pública de afeto.

— Você escolhe — eu disse em seu ouvido.

Ele pediu uma variedade de antepasto e saladas, e sorri para ele enquanto entregava o dinheiro para pagar. Ele estava radiante. Quando o olhei, ele sussurrou:

— Obrigado.

Peguei o almoço e respondi:

— De nada.

E ele sorriu durante todo o caminho para casa.

DEZESSEIS
EU SOU... O RESPONSÁVEL PELA ARROGÂNCIA

18:42

— ACHEI QUE VOCÊ DISSE QUE ESTAVA INDO? — ELE perguntou, sorrindo. Ele estava sentado em uma cadeira de jantar e eu sentado sobre ele, montado nele. Não fomos muito longe depois do almoço.

— Eu vou — falei, beijando seu pescoço. — Eu só quero ficar com você um pouco mais... — murmurei em sua pele. — Você é bastante viciante.

Ele riu enquanto suas mãos roçavam meus lados.

— É mesmo?

Olhei em seus olhos, e ele para mim. Seu sorriso desapareceu e tivemos outro daqueles momentos; algo não dito passou entre nós. Assenti.

— Sim.

Eu não tinha certeza do que respondi sim – se ele era viciante; se eu queria mais; ele fez meu coração bater engraçado, mas eu o beijei. Profundamente.

Suas mãos seguraram meu rosto e nossas línguas se

encontraram. Ele se sentou mais ereto, como se estivesse tentando se aprofundar na minha boca.

E a campainha tocou.

— Merda — ele xingou baixinho. Olhou para mim com os olhos arregalados, depois olhou para o relógio. — São meus pais. Não percebi a hora.

Merda. Bem, isso podia ser estranho.

— Sinto muito — ele se desculpou novamente.

— Tudo bem, Cameron. E pare de se desculpar — repeti, saindo de seu colo. — Vá e deixe-os entrar, vou arrumar essa bagunça — eu disse, acenando com a mão para os pratos ainda na mesa.

Comecei a pegar os pratos e o ouvi cumprimentar sua mãe, e me virei a tempo de vê-la quase o abraçando no corredor. Sorri e entrei na cozinha.

Eu mal tinha colocado os pratos na pia, na verdade ainda estava segurando um deles, quando a sra. Fletcher entrou. Seus olhos brilharam, ela se virou de mim para seu filho e vice-versa, então me abraçou.

Por sorte, o sr. Fletcher pegou o prato que eu estava segurando. Cameron murmurou:

— Ah, pelo amor de Deus, mãe, por favor...

Ela sussurrou "obrigada" em meu ouvido antes de Cameron arrastá-la para longe de mim, levando-a para o pátio dos fundos. Ele balbuciou, "sinto muito" para mim durante o caminho para fora da porta.

E fiquei de pé na cozinha com o pai de Cameron.

Meu chefe.

Ele sabia muito bem o que estávamos fazendo. Eu não tinha nenhum motivo relacionado ao trabalho para ficar na casa de seu filho por mais de vinte e quatro horas e, no entanto, ainda não havia partido. Não adiantava negar.

Olhei para ele e dei de ombros. Ele sorriu.

Comecei a lavar a louça e o sr. Fletcher, sem dizer uma palavra, pegou um pano de prato e começou a secar. Balancei a cabeça para onde Cameron e sua mãe estavam.

— Acho que a ara. Fletcher recebeu bem a notícia.

Ele sorriu.

— Ela sabe há anos — ele disse, sempre em tom casual. — Ou foi o que ela disse.

Achei que ela soubesse. O jeito que ela me olhou...

— Ela disse que mãe sabe dessas coisas.

— Você já suspeitou de alguma coisa?

Ele balançou sua cabeça.

— Eu estava... *nós* nunca tivemos certeza — ele respondeu honestamente. — Sinceramente, considerei que ele poderia ser gay ou pelo menos bissexual.

— Por que você nunca disse nada?

— Porque ele não estava pronto — ele respondeu. — E não importava.

— Isso *importa* — falei. Olhei para meu chefe e abri a boca para poder falar. — Nunca diga que não importa. É importante para ele. Ele está infeliz há anos.

Ele levantou as mãos na defensiva e sorriu.

— Eu quis dizer que não importa se ele é gay ou hétero — ele emendou. — Lucas, se eu o tivesse pressionado e ele não estivesse pronto, ele teria negado e *nunca mais* se assumiria. Às vezes, tudo o que um pai pode fazer é apoiar e amar seus filhos. E esperar.

Eu me virei para a pia e assenti. Então suspirei.

Merda. Ele estava certo. Cameron teria negado. Veementemente.

O sr. Fletcher sorriu para mim.

— Então você entra em meu escritório e me diz, em termos inequívocos, que é brilhante, bem-sucedido e gay. — Ele se encostou no balcão da cozinha e olhou para mim. — Não vou mentir, Lucas, eu esperava que o Cameron visse como isso era possível... *se* ele fosse gay.

Olhei-o diretamente nos olhos.

— Me diga honestamente: você me contratou porque sou gay?

Seus olhos se arregalaram.

— Não! Claro que não — ele afirmou. — Lucas, eu o contratei porque você é brilhante.

Eu acreditei nele. Sorri.

— É verdade. Eu sou mesmo.

Ele riu.

— Embora o Cameron não tenha ficado impressionado. Tivemos muitos desentendimentos sobre sua posição na *Fletcher Advertising*.

— É mesmo? — perguntei com um sorriso.

Seu pai sorriu, levantando um canto de seus lábios, assim como Cameron.

— Eu acho que ele se sentiu ameaçado por você.

Sorri e balancei a cabeça.

— Acho que é porque ele gosta de mim...

Os olhos do sr. Fletcher se arregalaram e ele olhou para onde seu filho e sua esposa estavam sentados. Um sorriso lento se espalhou em seu rosto.

— Ah.

Eu ri.

— Então você pensou que nos juntar para o trabalho da Lurex não apenas o faria ver o quanto sou brilhante, mas também sacudiria seu armário até que ele caísse?

Ele soltou uma risada.

— Não realmente. Nós literalmente tínhamos sessenta e cinco horas para montar uma campanha, e eu conhecia vocês dois; a forma como vocês trabalham, como pensam, se complementaria e fariam isso.

— É justo — concedi com um sorriso. Deixei escorrer a água e limpei a pia.

Então o pai de Cameron disse:

— Mas você está aqui há mais de sessenta e cinco horas... — ele parou em tom sugestivo.

Olhei-o diretamente nos olhos.

— Sim.

— Não vai deixar isso interferir no seu trabalho, vai — ele fez uma afirmação, em vez de uma pergunta.

— Não, senhor. Não vou.

Então ele me perguntou baixinho.

— Você também não vai machucá-lo, vai?

Sorri, mas então o pensamento me ocorreu que talvez ele não fosse o único que pudesse se machucar. Meu sorriso morreu, balancei a cabeça e minha voz soou baixa.

— Não, claro que não.

O sr. Fletcher olhou para mim e eu evitei seus olhos.

— Lucas... eu não quis insinuar... ah, Deus, estou entendendo tudo errado.

— Está tudo bem — eu o tranquilizei.

— Não Lucas, por favor — ele começou novamente.
— Eu só quero que ele seja feliz.

Olhei para ele e me senti despido.

— Eu também.

Só então, Cameron e sua mãe voltam para dentro. Ele parou e olhou para mim, depois para o pai e depois de volta para mim.

— Tudo certo? — ele perguntou.

Seu pai sorriu, mas eu respondi.

— Claro. Eu só estava dizendo que tenho que ir.

— Ah — Cameron murmurou, não convencido.

Eu disse à sra. Fletcher que era um prazer absoluto vê-la novamente e ao sr. Fletcher que o veria amanhã no trabalho. Ele sorriu para mim, com pena nos olhos, e acenou com a cabeça. Enquanto caminhava para a porta da frente, ouvi Cameron dizer:

— Vou levar o Lucas até lá fora.

Então, do corredor, ouvi a sra. Fletcher sibilar para o marido:

— Tobias Fletcher, o que você disse a ele?

Olhei para Cameron, e ele fez uma careta de desculpas. Enquanto caminhávamos para o meu carro, ele perguntou:

— Ele disse algo que te irritou?

Eu sorri e balancei a cabeça, jogando a bolsa no banco de trás.

— Cameron, está tudo bem. Ele está preocupado com o filho e a empresa, isso é tudo.

Cameron parecia meio mortificado. Ele olhou de volta para sua casa, então de volta para mim, e tensionou a mandíbula.

Minha voz estava baixa.

— Ele está preocupado que eu vá partir seu coração.

Seus olhos brilharam e sua boca abriu e fechou duas ou três vezes.

— Eu vou matá-lo — ele disse. — Me desculpe, me desculpe.

Sorri para ele.

— Não se preocupe, nem se desculpe. Além disso, acho que sua mãe está puxando a orelha dele agora. — Abri a porta do carro e ele começou a caminhar de volta para sua casa. — Cameron? — eu o chamei. Ele se virou para olhar para mim e eu perguntei: — Quer saber o que eu disse a ele?

Ele me olhou interrogativamente.

— Sobre eu partir seu coração? — esclareci. Ele olhou para mim, esperando. Eu sorri para ele. — Eu disse a ele que não faria isso.

Entrei no meu carro e saí para a rua. Quando olhei pelo espelho retrovisor, ele ainda estava parado na calçada.

Ainda estava sorrindo.

18:00

Cheguei em casa por volta das três da tarde. Sorri quando quase pude imaginar que o relógio na cômoda de Cameron marcaria 18:00.

Desfiz as malas, incluindo todas as amostras da Lurex que dividi e reivindiquei como minhas. Abri a gaveta da mesa de cabeceira e joguei tudo lá dentro, sorrindo ao ver os diferentes tipos de preservativos e lubrificantes com sabor. Ri quando me lembrei de

Cameron canalizando seu Yoda interior com seu sabre de luz verde que brilhava no escuro.

E como ele preferia os lubrificantes com cheiro de morango, como ele gemeu quando o estimulador de próstata pressionou deliciosamente, como suas coxas tremiam, como seu pênis se contorcia, qual era o gosto de seu gozo.

Hum, minha nossa...

Eu rapidamente fechei a gaveta de cabeceira e balancei a cabeça, afastando todos os pensamentos sobre Cameron. Quantas vezes eu o tive, o toquei, o beijei, o chupei, o comi, o tive dentro de mim... não foi o suficiente. Eu queria mais.

Eu sabia. *Sabia* que queria mais.

Não apenas sexo, no entanto. Queria ouvi-lo falar sobre tendências globais, análises financeiras, meias de desenhos animados, música, livros e hierarquias políticas. Queria vê-lo sorrir, ouvi-lo rir.

E sabia, sem dúvida, que estava apaixonado.

Incapaz de parar de pensar nele, tentei me ocupar com a arrumação e, depois que decidi que não havia nada na cozinha para comer no jantar, fiquei entediado e senti como se algo estivesse errado. Eu podia sentir o cheiro dele em mim, estava inquieto porque queria mais dele e ficando agitado porque não estava com ele...

...então a campainha tocou.

Sem esperar ninguém, apertei o interfone.

— Quem é?

— Cameron.

E eu abri um sorriso enorme. Apertei o botão. Abri a porta da frente e fiquei contra ela esperando. Ele saiu do elevador e sorriu quando me viu. Entrou pela porta, passou por mim sem dizer uma palavra, e eu a fechei atrás de mim.

— Bom lugar — disse, olhando ao redor.

Eu ainda estava sorrindo.

— Então, a que devo o prazer? — Ele estava com uma sacola na mão. Eu nem tinha notado. — Esqueci alguma coisa?

— Algumas coisas — ele disse. Enfiou a mão na sacola e ergueu um par de meias. — Elas são pretas. E *não são* minhas.

Eu ri, e apenas olhamos um para o outro, sorrindo como idiotas.

— Então, seus pais receberam a notícia bem? Sua mãe parecia feliz, na verdade.

Ele assentiu.

— Sim, receberam. Até fui falar com o meu irmão.

Eu podia sentir meus olhos se arregalarem.

— Como foi?

Ele sorriu. — Ele me olhou e ficou boquiaberto por um tempo, mas está tudo bem. Acho que o choquei mais do que tudo. Ele não falou muito — ele disse, dando de ombros. — Conversei com a Ashley por um tempo, e antes de sair ele me perguntou se todas aquelas vezes ele me levou ao futebol, se só fui por ter fetiche em ver homens com calça justa... então eu acho que ele está bem.

— Você tem? — perguntei. — Fetiche por aqueles homens suados?

— Ah, claro — ele disse com uma risada.

Sorri para ele.

— Isso é ótimo, Cameron — ele sabia que eu estava me referindo a sua família aceitá-lo. — Isso é realmente bom.

— É — ele assentiu.

— Você não foi muito duro com seu pai, foi?

Ele bufou.

— Eu não disse nada que minha mãe já não tivesse dito.

Rindo, ofereci uma bebida e, quando lhe entreguei um refrigerante, ele respirou fundo e disse:

— Hum, sobre amanhã...

— O que tem?

— No trabalho — ele disse, nervoso. — O que nós fazemos... como nós... eu não sei o que...

Coloquei a lata de refrigerante no balcão da cozinha e parei na frente dele.

— Eu vou ser eu, e você será você. O que fazemos no trabalho não vai mudar.

Ele exalou, aliviado.

— Cameron, não vou te beijar em uma reunião de equipe ou algo assim — eu o provoquei. — A menos que você queira.

Ele riu, mas eu disse a ele:

— Mas também não quero que você me ignore. Espero que sejamos profissionais, mas também não quero que você me trate como se eu não significasse nada para você.

Merda. Agora eu parecia uma garota.

Seu sorriso desapareceu e ele franziu o cenho.

— Não vou. Acho que não posso *mais* te ignorar. —

Ele olhou para mim, então para o chão entre nós. — E fora do trabalho...?

— Eu disse a você que queria levá-lo para sair — eu o lembrei. — E falei sério. Quero ver você, Cam.

Ele mordeu o lábio, para parar de sorrir ao que parecia.

— Como em um encontro?

— Sim, como em um encontro — respondi. Ótimo. Agora eu estava sorrindo *e* tonto como uma garota. Limpei a garganta e mudei de assunto. — Então, você disse que deixei algumas coisas na sua casa? — Ele só me mostrou uma.

Ele sorriu, mas um leve rubor cobriu sua bochecha.

— Sua gravata — ele disse, enfiando a mão no saco e a jogou sobre a mesa. — Não pude trazer o relógio de contagem regressiva, mas encontrei isso — ele disse, pegando o telefone. — Baixei um aplicativo que pode ser útil. — Ele levantou o telefone, me mostrando a tela. 14:29

Um relógio de contagem regressiva no celular. Eu ri.

— Meu caro, você pensou em tudo.

— Eu tento. — Ele sorriu lindamente. Então limpou a garganta e enfiou a mão na sacola. — E tem isso.

Ele puxou o vibrador de cor nude. Dei uma risada.

— Hum, não — eu o corrigi. — Esse é seu. Eu pedi o preto, lembra?

Ele sorriu, quase timidamente.

— Ah, não, é meu — ele disse. — Mas você prometeu fazer algo com ele e não fez.

Sorri. Embora eu soubesse a que ele estava se referindo, queria ouvi-lo dizer isso.

— O que eu prometi?

— Você um... você disse que iria, um... — ele gaguejou enquanto suas bochechas ficavam rosadas.

Então me aproximei e sussurrei em seu ouvido.

— Repita depois de mim... — comecei. — Vou te comer com isso.

Sua voz era rouca e ele mal respirava.

— Você vai me comer com isso.

— Depois vou te lamber e chupar.

Seu peito arfou duas vezes antes de dizer isso.

— Você vai me lamber e me chupar.

— Então vou te dedar.

Ele engoliu em seco. Duas vezes.

— Você vai me dedar.

Sorri contra sua orelha.

— Depois vou te comer de novo.

Ele não terminou, mas assentiu contra o meu pescoço.

— Por favor.

14:03

Não havia visão como essa. Cameron estava se contorcendo, empurrando a bunda para mim. O vibrador estava cravado em seu ânus, eu estava entre suas pernas, lambendo seu pau, chupando a cabeça, e ele gemia lindamente.

Suas mãos agarraram os lençóis, suas costas estavam arqueadas, ele se empurrava para o vibrador, e estava implorando por mais. Ele era tão bonito. Como ele se movia, como gemia.

Por mais sexy que fosse vê-lo assim, eu não queria que ele gozasse até que eu estivesse dentro dele. Puxei o vibrador lentamente. Ele choramingou e olhou para mim como se eu tivesse enlouquecido.

Me ajoelhei entre suas pernas e, colocando uma camisinha em meu dolorido comprimento, disse a ele:

— Quero que o meu pau te faça gozar.

Ele revirou os olhos antes de os fechar, gemeu e choramingou. Me inclinei, lambi a fenda vazando líquido pré-ejaculatório e passei minha língua em seu ânus rosa e aberto.

Ele quase gritou enquanto se empurrava contra mim, então segurei seus quadris para mantê-lo imóvel. Ele abriu mais as pernas, e eu passei a língua em sua abertura. O vibrador o havia dilatado bem, minha língua deslizou para dentro e para fora, e suas coxas tremiam. Eu sabia que ele não duraria muito.

Então agarrei a parte de trás de seus joelhos e os inclinei para frente, deixando sua bunda exposta e aberta.

Pressionei meu pau contra sua entrada e o penetrei.

E ele gemeu. E gemeu. E tremeu. Sua cabeça estava inclinada para trás nos travesseiros e seu peito pressio-nado para a frente.

— Puuuutaaa merda — ele gemeu.

— Hummm — murmurei ao entrar e sair dele. Era tão bom. Quente, profundo, certo. — Não quero que o vibrador te faça gozar — ofeguei para ele. — Não quero mais nada em sua bunda além de mim.

Estoquei mais forte, e ele gemeu.

— Simmmmm.

— Tudo de mim — disse a ele enquanto empurrava suas pernas mais para cima, levantando sua bunda para mim. — Cada centímetro — gemi enquanto me inclinei sobre ele, forçando cada centímetro do meu pau dentro dele. Ele gemeu, e eu nos movi para frente e para trás, esfregando minhas bolas em sua bunda. — Cada centímetro — resmunguei. — Meu pau te comendo, te fazendo gozar, mais nada... nem *ninguém*.

E sua bunda me apertou. Ele tremeu e resistiu quando gozou, seu pau se esvaziando entre nós. Ele gritou e flexionou contra mim, e meu pau inchou e gozei também. Continuei dentro dele enquanto meu pau jorrava quente e grosso na camisinha, perdido em um show de fogos de artifício atrás dos meus olhos.

Caímos em uma massa de corpos saciados, enrolados um no outro, e dormimos.

3:16

Acordei com uma sensação de arranhão na parte inferior das minhas costas. Deveria ter me irritado.

Mas isso não aconteceu.

Porque com a sensação de arranhão havia uma macia, quente e úmida, que era muito boa.

Gemi e ouvi uma risada.

Em seguida, dedos longos e abertos estavam esfregando minhas costas, a barba áspera e a língua molhada e macia deslizavam da minha espinha até minha bunda.

Indo mais baixo.

E mais baixo.

Ah, caramba. Puta merda, ele estava prestes a...

Hummm, ele conseguiu.

Ele me penetrou. Longo e forte.

Então adicionou seus dedos. Não muito tempo depois, a ponta do vibrador estava me esticando ainda mais, e ele me comeu.

Ah, como ele comeu.

Eu estava deitado de bruços, levantando a bunda para ele, e ele enterrou o brinquedo em mim, deslizando, torcendo, puxando e empurrando.

Deslizei a mão por baixo de mim e agarrei meu pau, me masturbando no ritmo de seus movimentos. E foi uma felicidade, bom pra cacete. Então ele fez o que eu fiz com ele.

Ele tirou isso.

— Nãooo. — Balancei a cabeça, implorando a ele. — Cameron, por favor...

Pude ouvir o rasgo da embalagem, então um segundo de silêncio se passou antes que ele estivesse dentro de mim. Rápido, forte e profundo.

— É isso que você quer? — ele sussurrou na minha nica.

Tudo o que pude fazer foi gemer.

E assentir.

E abrir as pernas para que ele pudesse me comer mais forte.

E ele fez.

Ele me empurrou no colchão, me comendo com toda sua intensidade.

Foi glorioso.

Levantei os quadris e ele agarrou meus ombros,

enquanto seu pau me empalava, mais e mais, implacavelmente.

Com perfeição.

Suas investidas se tornaram irregulares e ele me penetrou mais, rugindo, tendo espasmos e gozando dentro de mim.

Eu podia sentir seu pau inchar, podia sentir cada pulsação, ele incendiou minhas células e meu orgasmo me curvou. Estremeci e me contorci sob ele. Inclinei a cabeça para trás enquanto meu gozo manchava os lençóis debaixo de mim.

Ele desabou sobre mim, rindo e esfregando de leve a barba por fazer em minha pele.

Tudo que eu podia fazer era gemer.

Não eram nem seis e meia da manhã.

— Tenho que ir para casa — ele disse. — Preciso me trocar para o trabalho.

— Hum-humm — gemi meu protesto.

Eu podia senti-lo sorrir contra meu ombro.

— Tudo bem, banho primeiro, *mas depois* eu tenho que ir.

2:10

— O Papa-léguas? — Eu ri.

Ele ergueu o outro pé e sorriu.

— E o Coiote.

Balancei a cabeça e ri quando ele calçou os sapatos.

— Tenho que ir — ele falou de novo e olhou para o relógio. — Te vejo em duas horas.

— Sim, sim, me coma e vá embora — falei com sarcasmo, revirando os olhos para ele.

Ele soltou uma risada.

— Você pode retribuir o favor a qualquer momento.

Sorri.

— Acho que vou.

— Que bom — ele disse com um beijo rápido em meus lábios. Ele caminhou até a porta, virou-se e disse: — Neste fim de semana, você pode me comer e ir embora várias vezes.

Eu ri.

— Começando?

— Na sexta à noite — ele disse, e a porta se fechou atrás dele.

Nunca estive tão feliz em ir trabalhar.

00:10

Não poderia ter cronometrado melhor, porque quando entrei no elevador, entre outras pessoas, estava Cameron. Ele sorriu de forma presunçosa quando me viu. Olhei para ele, imaginando como isso funcionaria entre nós quando seus lábios se contraíram. Ele perguntou:

— E como você está esta manhã?—

Sorri.

— Ah, eu estava excelente esta manhã. Ou assim me disseram.

Ele fez beicinho, para parar de sorrir, mas seus olhos brilharam.

O elevador parou e nossos companheiros de viagem

saíram, deixando Cameron e eu sozinhos pelos últimos andares. Ele olhou para mim.

— Você está bem? Não está muito dolorido?

Sorri com sua preocupação.

— Um pouco — disse a ele com honestidade. — E *realmente* quero que você faça isso de novo.

Ele sorriu.

— Que bom.

— Cameron, posso te perguntar uma coisa?

Ele pareceu surpreso com a minha pergunta.

Assim que o elevador parou e as portas se abriram em nosso andar, perguntei a ele:

— Quem está nas meias?

Ele sorriu e saímos para o corredor, caminhando em direção aos nossos escritórios.

— Superman.

Sorri.

— Com o Clark Kent?

Ele chegou à sua porta.

— Não. Apenas o Superman — ele disse com um sorriso. — Não preciso mais do Clark.

Entramos em nossos respectivos escritórios e, quando me sentei à mesa, olhei pela parede de vidro. Ele girou a cadeira, olhou para mim através da parede de vidro e sorriu.

A voz de Rachel me assustou.

— Bem, você parece bastante satisfeito consigo mesmo.

Levei a mão ao coração.

— Caramba, Rach. Você quase me fez ter um ataque cardíaco.

Ela sorriu e me entregou um café.

— E outra pessoa — ela deu um olhar aguçado para a sala do outro lado do corredor, — parece um pouco arrogante.

Olhei para ela e ri.

— A culpa é minha — eu disse, tomando um gole do meu café. — O responsável pela arrogância.

DEZESSETE
QUATRO SEMANAS DEPOIS

O telefone da minha mesa tocou, era do escritório do sr. Fletcher. Apertei o botão piscando.

— Lucas, em minha sala em cinco minutos, por favor.

Olhei para o relógio. Eram três e quarenta e cinco de quarta-feira. Um pouco estranho para uma reunião não programada. Arrumei minha mesa, colocando os arquivos de lado e fechei o laptop.

Abri a porta da minha sala ao mesmo tempo que Cameron abria a dele. Ele apontou para o escritório de seu pai e eu assenti.

— Você sabe do que se trata? — perguntei.

Ele sorriu.

— Sim, talvez ele ainda esteja chateado por você ter comido a torta que sobrou no domingo.

Eu bufei.

— Sua mãe faz uma torta muito boa.

Ele riu, e entramos no escritório de seu pai. O sr. Fletcher olhou para nós dois e sorriu.

— Sentem-se, rapazes.

Fizemos o que ele pediu, ele se recostou na cadeira e pousou a caneta.

— A *Fletcher Advertising* tem uma reunião com a Causaro na terça-feira às dez da manhã. É uma empresa italiana querendo entrar no mercado americano.

— Qual é o produto? — perguntei.

Mas foi Cameron quem respondeu.

— Meias.

Tive que me conter para não rir.

— É um negócio lucrativo — Fletcher continuou. — Quero que vocês dois trabalhem nisso. Vocês têm mais tempo. Seis dias para ser exato, então depois da Lurex, não acho que isso será um problema.

Fiz as contas na minha cabeça.

Cento e sessenta e duas horas.

— Sem problemas — eu disse. Olhei para Cameron e sorri. — Minha casa. Eu levo o quadro branco e você, o relógio.

EPÍLOGO - SOU... UM IDIOTA EMOCIONAL COMPLETO. E ESTOU... BEM COM ISSO

— Não quero ir — murmurei contra sua nuca. — Quero ficar aqui. — Beijei e mordisquei a pele atrás de sua orelha, esperando que meus poderes de persuasão pudessem convencê-lo. — Assim — falei, sugando sua pele deliciosa entre meus lábios. — Todo o dia, toda a noite.

Ele gemeu e riu, e pude sentir seu peito vibrar debaixo de mim. Ele estava deitado de bruços e eu em cima dele. Estávamos nus na cama. E tínhamos acabado de fazer amor.

E eu ainda queria mais dele.

Sempre iria querer mais dele.

— Nós temos que ir — ele murmurou. — É uma coisa especial. Meu pai até convidou outras pessoas do trabalho.

— Mas é sábado... — reclamei.

Eu estava de mau humor, até fazendo beicinho.

— Minha mãe fez torta — ele falou com um sorriso na voz.

Caí pesadamente contra ele e suspirei.

— Você não joga limpo.

Ele riu de novo e tentou se virar para poder me encarar. Elevei o corpo, dando-lhe espaço para se mover, mas rapidamente me acomodei de volta em cima dele, entre suas pernas.

Com o cotovelo ao lado de seu peito, apoiei a cabeça na mão e o olhei. Ele estava com o cabelo bagunçado, um olhar saciado e um sorriso feliz. Ele era lindo pra caramba.

Ele estendeu a mão e afastou o cabelo do meu rosto.

— Como eu tive tanta sorte? — ele se perguntou em voz alta.

— Você não se lembra? — eu o provoquei. — Seis meses atrás você me fez passar o fim de semana... e me mostrou seus pés. — Revirei os olhos e suspirei de forma dramática. — Não tive chance.

Ele riu.

— Ah, isso mesmo — ele falou, revirando os olhos para mim.

— De qualquer forma — eu disse, passando os dedos por sua sobrancelha, ao redor do canto de seu olho, em sua bochecha. — Eu também não sou exatamente azarado.

Ele sorriu, e havia amor em seus olhos. Então ele nos rolou para que ficasse em cima de mim.

— Bajulação vai te fazer transar, mas não vai te tirar do almoço na casa dos meus pais.

Voltei a fazer beicinho.

— Ainda prefiro ficar aqui.

Ele sorriu.

— Eu também, baby — ele falou, se afastando. Cameron caminhou até a porta do quarto e disse: — Mas não podemos. Temos que ir. Vou tomar banho primeiro e trancar a porta. Se você se juntar a mim, nunca mais sairemos.

Eu bufei, e ele sorriu.

Ele conhecia todos os meus truques.

Ouvi o chuveiro e não tive dúvidas de que ele trancou a porta do banheiro. Ele me conhecia bem. O pensamento me fez sorrir.

Cada memória que eu tinha dele me fazia sorrir. Mesmo quando brigávamos ou discordávamos, ele era particularmente fogoso e sexy quando estava chateado, e sexo de reconciliação era delicioso.

Até sorri ao me lembrar da nossa primeira briga. Estávamos "juntos" direto por cerca de quatro semanas. Tínhamos fechado o negócio da Lurex, passávamos quase todos os dias juntos no trabalho, e as noites também. Depois tivemos a campanha de Causaro, onde passamos mais seis dias e noites inteiras juntos. Tivemos dois dias de folga depois de conseguirmos a campanha, que também passamos juntos. No segundo dia, foi preciso dar uma pausa.

Nós discutimos sobre a porcaria do sorvete de manteiga de amendoim.

De todas as coisas.

Foi trivial e estúpido. Eu gritei, e ele gritou. Eu disse algumas coisas que não deveria, e ele retribuiu. Ele bateu com a porta, e eu fui embora. Cheguei em casa e passei a noite inteira me revirando, aparentemente incapaz de pregar o olho sem ele. A campainha da porta me acordou por volta das oito da manhã seguinte; com um gemido e um nó no peito, apertei o interfone.

— Quem é ?

— Sou eu. — Foi tudo o que ele disse.

Apertei o botão para deixá-lo entrar. Quando ele chegou à minha porta, pude ver que havia passado uma noite parecida com a minha.

— Sinto muito — ele falou. — Não quero brigar.

— Nem eu — respondi. — Me desculpe também. Me desculpe por ter dito aquelas coisas. Poxa, sério, eu não dou a mínima para sorvete.

Ele riu e me puxou contra seu peito, onde me encaixei perfeitamente. Isso me fez suspirar.

Cameron se afastou de mim, me beijou de leve e disse que ia para casa, só queria se desculpar. Ele achava que, depois de passarmos tanto tempo juntos, seria melhor se ficássemos sozinhos no último dia do nosso fim de semana fazendo o que quer que fosse.

Por mais que eu não quisesse, sabia que ele estava certo.

E então passei o resto do dia me perguntando o que foi que fiz da minha vida antes de Cameron Fletcher.

Limpei a casa e lavei algumas roupas, depois fui dar uma caminhada - para tomar um café, fazer alguma coisa. O barista tentou jogar conversa fora, me fazendo uma série de perguntas e sorrindo.

Só depois que andei dois quarteirões com o café na mão é que percebi que ele tinha dado em cima de mim. Lucas Hensley pré-Cameron, teria gostado disso. Ele teria sorrido, flertado e garantido uma possível transa. Mas Lucas Hensley pós-Cameron, nem percebeu.

E me ocorreu quando cheguei ao meu prédio, que nem olhei para outro cara.

Nenhum. Nem uma vez. Nunca.

Não desde Cameron.

Eu deveria saber então que a "palavra com A" não estava longe. Em retrospectiva, eu deveria ter visto isso chegando.

Só não esperava que viesse da minha mãe.

Organizei uma folga de quatro dias para voltar para casa e visitar minha mãe. Eu estava marcando com ela pelo telefone quando ela exigiu falar com Cameron.

Então exigiu que ele fosse comigo para vê-la.

Cameron murmurou:

— Eu hum... eu hum...

E minha mãe declarou que estava resolvido. Ela nos receberia no aeroporto, e Cameron me devolveu o celular. O pobre rapaz não sabia o que dizer. Acho que ele estava com muito medo de dizer não. Depois de desligar o telefone, eu disse que ele não tinha obrigação de ir. Sua única resposta foi:

— A sua incapacidade de aceitar não como resposta é hereditária, certo?

Daí ele disse que nunca tinha estado no Texas, e um mês depois nós dois embarcamos em um avião para Dallas. Almoçamos na varanda dos fundos da casa de minha mãe enquanto ela fazia cento e uma perguntas a Cameron. Me levantei para limpar a mesa e ela olhou para mim e sorriu.

— Posso ver porque você o ama — ela falou.

Pisquei e abri a boca, fechando-a em seguida. Repeti essa ação algumas vezes, tentando dizer alguma coisa, mas não consegui emitir nenhum som. Olhei para os olhos arregalados de Cameron, depois para o sorriso da minha mãe.

Ela se levantou.

— Lucas Hensley! Você nunca disse isso a ele?

— Mamãe... — sussurrei.

— Eu conheço você, filho. Posso ver como você olha para ele. — Ela colocou a mão no quadril. — Você nega? — ela me perguntou abertamente, bem na frente dele.

Olhei para Cameron, ainda sentado ali, com os olhos arregalados, um pouco pálido e cheio de esperança.

Eu não podia negar. Balancei a cabeça.

— Você o *ama* — minha mãe anunciou, e tudo que pude fazer foi olhar para Cameron. E assentir.

Porque era verdade.

Eu o amava.

Minha mãe sorriu e entrou resmungando algo sobre sermos garotos bobos. E então Cameron parou bem na minha frente, enquanto tocava minha bochecha.

— Luc — ele sussurrou.

Olhei para Cameron, sabendo que ele não veria nada além de honestidade em meus olhos. Assenti, porque era tudo que eu podia fazer. Ele abriu um sorriso de parar o coração, me puxou em seus braços e sussurrou em meu ouvido que esperou muito tempo para ouvir isso. Ele disse que sabia que eu o amava.

Ele podia ver, não era cego. Disse que estava apaixonado por mim desde sempre e estava apenas esperando até que eu estivesse pronto.

Que sabia que era novidade para mim e que podia esperar, não se importava. Ele esperaria para sempre se fosse necessário. Quando recuperei a voz, sussurrei baixinho em seu ouvido: *acho que me apaixonei naquele primeiro fim de semana.*

Quando minha mãe voltou para onde estávamos, nós dois estávamos sorrindo e rindo. Se eu não estivesse na casa da minha mãe, ou se ela não estivesse em casa, eu o teria na mesa da varanda dos fundos.

Ou imploraria a ele para me ter.

Durante todo o fim de semana, não tivemos o suficiente um do outro. Eu tinha que tocá-lo o tempo todo ou pelo menos estar perto dele. E à noite, fizemos amor por horas, mal dormimos. Ele sussurrava seu amor por mim, gemendo em meu pescoço enquanto estocava dentro de mim. E eu sussurrava as palavras, só para ele, enquanto o penetrava, e novamente enquanto nos aconchegávamos, caindo no sono.

Estivemos no Texas há dois meses, e estávamos assim desde então. Não no trabalho, claro. Mas quando éramos apenas nós, éramos realmente *apenas nós*.

— Por que você está sorrindo? — A voz de Cameron me trouxe de volta ao presente.

— Texas. — Isso era tudo que eu tinha a dizer. Ele sorriu lindamente em compreensão.

— Agora vá tomar banho — ele ordenou, ainda sorrindo. — Ou vamos nos atrasar.

Rolei para fora da cama e fiquei na frente dele, totalmente nu, com meu pau pesado e flácido... e esperando. Estava fingindo bocejar, me espreguiçar e coçar a cabeça, mas na verdade estava apenas dando a ele tempo suficiente para me observar e, com sorte, mudar de ideia.

— Luc — ele ameaçou. — Eu sei o que você está fazendo. Não vai funcionar.

Fiz beicinho e fiquei de mau humor durante todo o caminho até o chuveiro. Ele realmente conhecia todos os meus truques.

— É REALMENTE APENAS CASUAL? — PERGUNTEI, SEM saber se estaria malvestido.

— Sim, Luc — Cameron respondeu novamente. — É só um almoço.

Me sentei no sofá.

— Espero que você não se importe, tive que pegar um par de meias emprestadas — disse a ele. — Deixei as minhas em casa.

Ainda tínhamos nossos apartamentos. Concordamos que podia ser um pouco cedo trabalhar e morar juntos. Não que eu tenha visto muito da minha casa...

— Quem você pegou? — ele perguntou, olhando para as meias.

— Pooh e Tigrão — disse a ele. — Não consegui encontrar as listradas da tia Nae.

Ele sorriu e puxou a perna da calça jeans para cima para que eu pudesse ver diferentes listras verdes nas meias que eu estava procurando. Eu não queria usar meias de desenhos animados.

— São minhas novas favoritas — ele falou, sem vergonha.

Quando visitamos minha mãe, sua boa amiga, a quem sempre chamei de tia, estava tricotando meias.

Meias finas de algodão tipo seda. Cameron estava em seu estranho paraíso de fetiche por meias, só que ele não queria meias pretas lisas.

Não, claro que não.

Ele fez um pedido de cores engraçadas e listradas. Um par de meias de todos os tipos de verde imagináveis chegaram pelo correio duas semanas depois. Desde então, ele mandava dinheiro para que ela fizesse mais.

De todas as cores que ele poderia pensar.

Coloquei Pooh e Tigrão e fiz uma oração silenciosa para não precisar tirar as botas.

Quando paramos na frente da casa dos pais de Cameron, perguntei a ele:

— Alguma ideia do motivo deste almoço?

Cameron balançou a cabeça.

— Não, tudo o que sei é que meu pai entrou no escritório ontem, checou a correspondência, fez alguns telefonemas e dez minutos depois me disse que tínhamos que estar aqui ao meio-dia em ponto.

Enquanto caminhávamos para a porta, apontei para uma Mercedes familiar.

— Ei, aquele carro não é do Webber?

Cameron assentiu e franziu a testa, olhando para outros carros estacionados nas proximidades.

— Bromley e Otterski também estão aqui — ele disse.

Todos os executivos.

Puta merda.

— Algo importante deve ter acontecido — Cameron falou baixinho.

— Ei — chamei em tom baixo. — Você está bem?

— Claro — ele respondeu. — Por que eu não estaria?

— Com o fato de estarmos aqui juntos, só isso.

Ele sorriu.

— Luc, no trabalho ninguém precisa saber sobre nós, porque não ostentamos nosso relacionamento e não é da conta de ninguém. — Então ele continuou: — Mas *não* estamos no trabalho, esta é a casa dos meus pais. Se não gostarem, podem ir para o inferno.

Eu ri e sorri com orgulho.

Ele abriu a porta e a manteve aberta para mim.

— Aprendi com os melhores — ele disse com um sorriso malicioso.

— Com certeza, baby.

Entramos na sala de estar aberta que se juntava à cozinha.

— Ah, oi, rapazes — a sra. Fletcher nos cumprimentou do outro lado da sala.

Vi Paul Bromley e Eric Newton olhando para nós, com um sorriso falso, imaginando por que havíamos acabado de chegar juntos. Dei um tchauzinho a eles enquanto seguia até a mãe de Cameron, e eles arregalaram os olhos quando beijei a bochecha dela.

Perguntei se havia algo que eu pudesse fazer para ajudar, mas ela sorriu e disse que não, *não seja bobo, querido*. Havia algumas outras pessoas do trabalho, incluindo Rachel e Simona. Garçons contratados ofereciam canapés e bebidas, então peguei duas cervejas de uma bandeja e fui até onde Cameron estava conversando com as duas garotas e entreguei uma a ele.

Simona e Rachel também não faziam ideia do

propósito desta reunião, e estranharam que não soubéssemos.

— Nós íamos perguntar a você! — Raquel disse. — Mas tem que ser algo importante porque *Tweedle Dumb* e *Tweedle Even Dumber* estão aqui — ela falou, acenando com a cabeça para Paul e Eric.

— Eles parecem um pouco satisfeitos consigo mesmos — Cameron admitiu, tomando um gole de sua cerveja.

— Talvez achem que têm chance com duas moças bonitas e solteiras... — Olhei para elas de forma sugestiva.

— Bromley é desprezível — Simona comentou e estremeceu.

Rachel assentiu com veemência.

— E Newton preferiria qualquer um de vocês dois em vez de Simona ou eu.

O quê?

Olhei para Eric. *Ele era gay?* Como eu poderia ter perdido *isso?*

— Ele é *gay?* — perguntei baixinho.

As duas garotas *e* Cameron assentiram.

Certo. É isso. Perdi meu toque. Mais do que ligeiramente irritado, olhei para Cameron.

— Você quebrou meu *gaydar*.

— Eu *o quê?* — ele zombou, enquanto Simona engolia a bebida e tossia. Fui pegar um guardanapo no momento em que o sr. Fletcher chamou a atenção de todos. Eu estava do outro lado da sala, ao lado de Bromley e Newton de todas as pessoas, e todos nos viramos para encarar nosso chefe.

De pé ao lado do piano de cauda, o sr. Fletcher agradeceu a todos nós por estarmos ali em um sábado, mas esta notícia, em sua humilde opinião, não podia esperar.

— Recebi um telefonema ontem de um velho amigo meu na França — ele falou.

Ceeerto. Era um pouco estranho que ele compartilhasse essa notícia com todos nós, mas obrigado.

— ... em Cannes, na verdade.

Cannes.

Por que isso deveria servir como alerta?

Olhei para Cameron. Seus olhos estavam arregalados, mas ele estava começando a sorrir. Ele entendeu o significado.

O que eu estava perdendo?

O sr. Fletcher pegou um controle remoto e, apontando-o para a grande tela plana, ligou-o. Ele olhou para o relógio e anunciou:

— Está quase na hora.

E então, bem na hora, na tela, um homem bem-vestido anunciou com um forte sotaque europeu:

— Apresentamos a vocês, o vencedor deste ano do Leão de Cannes!

Era engraçado como a merda monumental em sua vida tende a acontecer em câmera lenta e em alta velocidade ao mesmo tempo. Porque na tela apareceu um fantoche de meia solitário; uma meia real em um fundo animado.

E minha cabeça girou. Eu conseguia me lembrar das horas que levamos com os ilustradores, a equipe de CGI e até mesmo os marionetistas. Conseguia me lembrar das horas que Cameron e eu trabalhamos para ficar absolutamente perfeito. Pude ver, ao meu redor, as pessoas sorrindo e batendo palmas, dando parabéns, e vi Cameron do outro lado da sala.

Ele estava olhando para a tela, depois para mim e de volta para a tela.

Vi tudo isso. Um borrão de comoção silenciosa, se movendo em câmera lenta, enquanto minha mente recordava de detalhes específicos em frações de segundo do anúncio que estávamos assistindo.

Mas minha mente não conseguia dar o salto que o homem disse "vencedor do Leão de Cannes" e depois mostrou nosso anúncio de meia Causaro.

Eu não conseguia juntar os pontos.

Ganhador.

Leão de Cannes.

O prêmio anual para o melhor anúncio do mundo.

Fletcher Advertisement.

Nosso anúncio.

Anúncio meu e de Cameron.

O anúncio apresentava um boneco de meia triste e solitário, em um mundo monótono e sem cor, que parecia estar procurando por algo que perdeu. Ele passava por várias meias, até meias muito bonitas, mas balançava a cabeça e continua andando. Ele olhou duas vezes para uma meia listrada colorida em particular, que Cameron insistiu e ainda achou hilário, mas essa pobre meia simplesmente não conseguia encontrar o que estava procurando.

Incapaz de continuar, ele estava prestes a puxar um fio para se desenredar, quando uma ambulância de desenho animado para, o médico-meias o agarra, o coloca em uma maca e o leva embora. Os médicos realizam uma reanimação e, quando usam o desfibrilador, a pequena meia se arqueia para fora da cama. Finalmente, as portas da ambulância se abrem e o mundo animado está brilhante e colorido, no estilo Mágico de Oz.

— Onde estou? — a meia pergunta.

— Causaro — uma voz suave responde. — É o paraíso das meias. O paraíso dos pés.

Fizemos outros três anúncios de meias a seguir, mostrando uma meia diferente a cada vez em sua aventura para chegar ao Causaro. Tivemos mais de sete milhões de acessos no Youtube e nosso post do *twitter* de *Onde está Causaro?* Se tornou *trend* em todo o mundo.

O anúncio terminou na tela – haviam se passado apenas trinta segundos – e então Cameron estava sorrindo e caminhando em minha direção. Ele ria e segurava meu rosto, e deu um beijão em mim, bem ali, na frente de todos.

— Cannes? — perguntei, embora fosse mais um gritinho.

Ele riu e assentiu, passando a mão em volta do meu pescoço e me puxando contra si. Rachel e Simona se juntaram a nós, pulando e nos abraçando.

Então, de alguma forma, nos separamos e outras pessoas nos parabenizaram.

Eu estava atordoado, vagamente consciente do pai de Cameron falando.

— Sabíamos que o anúncio da Causaro, de Cameron e Lucas, havia sido indicado, junto com vinte e oito mil dos melhores anúncios do mundo — ele disse. Então o sr. Fletcher olhou entre seu filho e eu e anunciou com orgulho: — Haverá uma cerimônia oficial de premiação, mas o telefonema que recebi foi do Diretor Administrativo para me dizer que vocês ganharam.

Ah.

Meu.

Deus.

Cameron olhou para mim, ainda sorrindo.

— Você está bem? — ele perguntou.

Assenti, eu achava. Para ser honesto, não tinha certeza.

Olhei em volta e vi que algumas pessoas estavam sorrindo, e outras não conseguiram esconder sua surpresa com o fato de Cameron ter me beijado. Como Eric e Paul. Eu não tinha certeza do que estava mais arregalado: seus olhos ou bocas.

Mas Cameron segurou minha mão e me levou até onde meu pai estava parado, e percebi que as pessoas estavam gritando: discurso, discurso.

Bem, Simona e Rachel estavam.

Cameron estava radiante, agradeceu às equipes que trabalharam conosco, além de Simona e Rachel, que valiam seu peso em ouro. Ele falou sobre seu sonho quando menino de ter um Leão de Cannes, assim como seu pai. E agora ele tinha conseguido. Que um prêmio como esse deveria ser o ápice da sua carreira, mas ele achava que era só o começo.

Ele olhou para mim quando disse que tinha certeza de que ainda não tinham visto o melhor que podíamos fazer.

Então foi a minha vez de falar, mas eu não sabia o que dizer. Essas pessoas estavam acostumadas a ver meu lado comercial, meu lado arrogante.

Poucas pessoas já tinham visto o meu lado humilde.

Estava meio sem palavras, elas pareciam estar presas na minha garganta.

— Eu... hum — pigarreei, respirando fundo. — Eu realmente não posso explicar... — disse a eles. — Eu não fazia ideia... — Estava gaguejando como um idiota, então respirei fundo e comecei de novo. — Quando comecei na *Fletcher Advertising* doze meses atrás, eu sabia o que poderia oferecer. Sabia o que a *Fletcher Advertising* receberia de mim.

O sr. Fletcher riu.

— Sim — ele disse ao pequeno público. — Ele me disse em sua entrevista que se em doze meses não aumentasse nosso portfólio em 25%, eu poderia demiti-lo.

— É verdade, eu disse isso. — Sorri e assenti. — Mas, apesar de todas as coisas que eu sabia que poderia oferecer, nunca sonhei com o que receberia em troca. — Olhei para Cameron e ele sabia que eu não estava falando apenas de trabalho.

Ele sorriu.

— Mas Cameron está certo — admiti. — Eu real-mente acho que é apenas o começo do que somos capazes.

Cameron sorriu e novamente, na frente de todos, tivemos um daqueles momentos só nosso.

O Sr. Fletcher então falou para o pequeno público à nossa frente, embora eu não estivesse realmente ouvindo. Eu ainda estava tentando absorver o fato de que ganhei o Leão de Cannes e que Cameron me beijou na frente dos nossos colegas de trabalho.

— Originalmente, pensei em irmos almoçar hoje em algum restaurante chique, mas não me pareceu certo. Precisava ser algo pessoal, porque é isso que é para mim — o pai de Cameron disse olhando primeiro para o filho, depois para mim, com olhos brilhantes — é muito pessoal.

Cada um de nós recebeu uma taça de champanhe, e nosso chefe pediu que levantássemos nossas taças.

Ele ergueu a taça em um brinde.

— A duas das melhores mentes do ramo e a dois dos melhores homens que conheço.

Olhei para Cameron, que já estava olhando para mim. Sua voz era baixa, mas eu o ouvi muito bem.

— A nós.

Assenti e sussurrei, só para ele.

— A nós.

O grupo bebeu e as conversas começaram a ecoar entre os pequenos grupos. O sr. Fletcher abraçou Cameron e, para minha total surpresa, fez o mesmo comigo.

— Estou muito orgulhoso de vocês dois — ele nos disse. A sra. Fletcher estava lá nos abraçando, dizendo o quanto ela estava orgulhosa e feliz.

Em seguida, um Ben sorridente nos deu um tapinha nas costas e nos abraçou ao mesmo tempo com muita força.

— Caramba, Ben — reclamei. — Obrigado pelo alinhamento da coluna vertebral.

Ele sorriu.

— Só estou ajudando. Você sabe, assim vocês dois ficam flexíveis para mais tarde.

Cameron revirou os olhos, Cynthia fez careta para o filho mais velho e eu ri. Ben deu de ombros e sorriu. Então ele olhou para mim e disse, bem alto:

— Engasgou um pouco antes, Lucas?

Eu sorri, um pouco envergonhado, e assenti.

— Hum, sim, o Cameron tinha acabado de me contar que sua mãe fez uma torta de nozes só para mim e que ninguém mais poderia comer. — Coloquei a mão no coração. — Fiquei tocado.

Ben ofegou e olhou para a mãe, enquanto Cameron passava o braço em volta da minha cintura e, rindo, pressionou os lábios na minha têmpora. Mas então o sr. Fletcher olhou para sua esposa.

— Você me disse que eu poderia comer um pouco! Depois do almoço, você disse "a torta é para depois do almoço".

A Sra. Fletcher franziu os lábios sorridentes para mim, e Cameron riu. Ele me levou para longe de sua família ainda brigando por torta.

— Vamos, é melhor nos misturarmos.

Foi o que fizemos. Conversamos com todos; Paul e Eric inclusos. Eles ficaram um pouco surpresos, para dizer o mínimo. Mas nos desejaram felicidades e calorosos parabéns pela vitória do Leão.

Logo chegou o meio da tarde, a multidão se dissipou e só restava a família.

Estávamos sentados à mesa ao ar livre e a mão de Cameron estava na minha coxa. Estávamos aproveitando o sol da tarde e a torta de nozes quando Ashley perguntou como era ganhar um prêmio tão prestigioso.

— Para ser honesto, acho que a ficha ainda não caiu — eu disse a ela. — É como se não tivesse realmente acontecido.

O sr. Fletcher se levantou e sorriu.

— Talvez isso ajude? — E ele jogou um envelope retangular azul escuro na mesa à nossa frente.

Cameron o pegou e abriu. Eram duas passagens aéreas. Para França.

Olhei para o sr. Fletcher. E, sorrindo, ele explicou:

— Dois ingressos. Vocês vão passar duas noites em Cannes, onde participarão da cerimônia de entrega do prêmio, e depois quatro noites em Paris.

Oh.

Olhei para Cameron, e ele estava sorrindo, muito animado.

— Paris?

Paris.

Eu ia para Paris. Com Cameron.

Ele se inclinou e me beijou. Seus olhos brilhavam e ele ficava lindo pra caramba quando estava feliz.

E aquele nó de emoção que estava em minha garganta apareceu de novo. Que merda. Eu estava virando uma garota.

Eu era todo amor, corações, flores, "eu te amo" e abraços. Primeiro, Cameron quebrou meu gaydar, depois me transformou em uma pessoa emocionada.

Talvez eu devesse levá-lo para casa e transar com ele. Comê-lo até que ele se contorcesse, gemesse, implorasse, gritasse. Assim eu não me sentiria como uma garota.

Ou talvez ele pudesse fazer amor comigo, me abraçar e me beijar, entrando e saindo de mim enquanto seus olhos e seu corpo me diziam sem palavras o quanto ele me amava.

— Luc?

— Ah, desculpe — falei, respirando fundo, balançando a cabeça. — Viajei.

— Você já esteve na França? — o sr. Fletcher perguntou.

Balancei a cabeça e olhei para Cameron.

— Mas sempre quis ir.

Ele sorriu e apertou minha coxa.

— Eu também.

Então a sra. Fletcher perguntou:

— Sempre quis perguntar qual foi a inspiração para o anúncio da Causaro ? Aquela meia era tão fofa.

Eu sorri.

— Bem, meias malucas e fetiches por pés... Nunca houve dúvida. Sempre seria uma combinação perfeita.

Olhei para Cameron, que sorriu e disse:

— Nunca duvide.

Fim

CENA BÔNUS

POV de Tobias sobre o encontro da Lurex e o que acontece depois.

"Observá-los era como ver a água e o óleo fazerem o impossível."

Enquanto os três associados da Lurex estavam sendo conduzidos, chamei Rachel e Simona.

— Vamos lá, garotas — eu disse, incapaz de esconder a empolgação. Levei-as para o meu escritório e abri o armário que abrigava os monitores que alimentavam as câmeras de segurança.

Mudei as quatro telas para a sala de conferências e ficamos parados observando, enquanto Cameron e

Lucas cumprimentavam e faziam as apresentações para a equipe.

Minha adrenalina estava altíssima. Era disso que se tratava. Era disso que eu sentia falta.

Atualmente, meu tempo era gasto em reuniões do conselho, coletivas de imprensa, reuniões financeiras. Mas meu coração estava na publicidade. Era o que eu amava.

Era nisso que eu era bom.

Era por isso que a *Fletcher Advertising* era o que era.

As moças ao meu lado falavam com animação. Elas nunca viram seus chefes fazerem isso. A maioria dos clientes era conquistada em seus escritórios, a portas fechadas. Elas ajudavam no trabalho e pesquisa, mas nunca chegaram a ver os rapazes atuando.

As duas garotas estavam paralisadas, observando, ouvindo.

Cameron começou. Eu o observei. Ele tinha um ar de autoconfiança, uma confiança tranquila na maneira como falava, na maneira como se movia. Ele tinha *equilíbrio*. Como se pudesse conquistar o mundo.

Ele me lembrou de mim.

Uma versão minha vinte e cinco anos mais jovem.

A voz de Simona ao meu lado ecoou meus pensamentos.

— Deus, ele é bom.

Não pude deixar de sorrir.

E então Lucas falou. Ele era muito diferente de Cameron. Seus métodos, sua abordagem e experiência eram bem diferentes. Eu sabia que juntá-los seria arriscado, mas se eles pudessem ver além de suas diferenças, formariam um time muito bom.

Cada homem, por seus próprios direitos, era talentoso. Disso não havia dúvida. Mas juntos... bem, juntos seriam imparáveis. Onde a confiança de Cameron era reservada, a de Lucas estava lá fora para o mundo ver.

Ele tinha uma presunção, uma certeza audaciosa em tudo o que fazia, mas era o seu charme. Era difícil não gostar dele. Embora Cameron parecesse não gostar quando Lucas começou na *Fletcher Advertising*, ele optou por ignorá-lo em vez de vê-lo como um trunfo para a equipe.

Me lembrei de uma vez, quando o confrontei não muito depois de Lucas ter começado. Pedi a ele que deixasse suas diferenças de lado.

Cameron zombou.

— Diferenças?

Sua reação me deixou perplexo na época. Claro que eles tinham diferenças.

— Olha, Cameron — eu disse. — Vocês dois são talentosos...

— Não é isso, pai — ele disse baixinho, então seu celular tocou, ele atendeu e nunca mais voltamos à conversa. Cameron sempre foi quieto. Não infeliz, mas nunca... não sei... nunca em paz consigo mesmo.

Cameron é um homem inteligente e bem ajustado. Tem amigos, homens e mulheres, mas nunca o vimos *com* alguém. Eu sabia que ele trabalhava muito, sabia em primeira mão como era isso. Ele colocava pressão suficiente sobre si mesmo para ter sucesso, então

Cynthia e eu nunca realmente o pressionamos em sua vida pessoal.

Ele trabalhava para o negócio da família. Não precisava que eu adicionasse pressão à sua vida fora do trabalho também. Quaisquer que fossem suas opções, quaisquer que fossem suas inclinações, ele nos contaria quando estivesse pronto.

Depois, fiz ele e o Lucas passarem o fim de semana juntos. Quando fomos até a casa de Cameron ontem de manhã para vê-los, as coisas entre eles ainda pareciam tensas. Achei que tinha cometido um erro ao combiná-los, embora, quando saímos, Cynthia tivesse me garantido que eles ficariam bem. Ela não parecia preocupada, na verdade, parecia bastante satisfeita. Então deixei passar.

Mas algo entre esses dois homens havia mudado.

Porque esta manhã, pouco antes da reunião, entrei no escritório de Cameron para encontrá-los rindo. Para encontrar *Cameron* rindo. Ele parecia tão feliz que quase me esqueci do que fui dizer a eles.

Que a equipe da Lurex havia chegado. Estava na hora de colocar as sessenta e cinco horas de trabalho duro na mesa.

E foi exatamente isso que eles fizeram. E foi incrível. Observá-los era como ver a água e o óleo fazerem o impossível.

Eles se misturaram.

Trabalharam um com o outro, lendo a linguagem corporal, dicas invisíveis, como se tivessem praticado um roteiro. O jogo rolou perfeitamente, como se tivessem feito isso juntos mil vezes.

Eles revelaram os painéis. Podíamos vê-los claramente no monitor, claros o suficiente para ver o que eram.

Seis painéis; três pares, dois casais, uma mensagem.

Por um lado, fiquei surpreso por eles terem escolhido impulsionar o mercado gay e, por outro, não fiquei nem um pouco surpreso. Era arriscado; difícil de vender.

Mas era muito bom.

Cameron foi rápido em apontar porcentagens e números, mas não foi o que ele disse que me deixou intrigado. Era como estava dizendo. Ele estava de costas, olhando pela janela enquanto falava.

— Cameron, o que você está fazendo? — Simona sussurrou ao meu lado. — Vire de frente.

Eu sorri.

— Ele não precisa olhar para eles. Não está vendendo nada — expliquei. — Ele os está ensinando. Está mostrando que tem fé absoluta no que está dizendo.

As duas garotas olharam para mim, depois de volta para a tela.

— Ah, meu Deus — Rachel murmurou.

Simona acrescentou:

— Isso é brilhante.

— Sim, é — concordei. Então me corrigi: — *Ele* é.

E ele era. Era brilhante. O orgulho me aqueceu. Desejei que Cynthia estivesse aqui. Queria que sua mãe pudesse vê-lo assim.

Então Lucas perguntou se poderia mostrar algumas imagens, explicando que não era exatamente adequado para "ouvidos delicados". A mulher bem-vestida sorriu e disse que estava tudo bem.

Rachel cruzou os braços.

— Ele é muito encantador.

Simona deu uma risadinha.

— Ele nem sabe que faz isso.

Rachel bufou e sorriu.

— Ah, ele sabe que faz isso, sim — ela disse. Então olhou mais de perto para a tela. — É o *Lucas* naquele vídeo? Naquela boate, sem *camisa* ?

Nós três nos inclinamos. Sim. Aquele era Lucas. Sem camisa. Distribuindo preservativos para uma multidão de homens seminus pelo que parecia. Assenti.

— Sim — eu disse com um sorriso. — Com certeza é.

Assistimos à filmagem, onde Lucas fazia perguntas de marketing direto. Ele foi brilhante. O conceito era direto e real, e seu público, tanto na tela quanto sentado na frente dele agora, estava cativado.

Então Cameron começou. Ele virou os dois quadros conceituais restantes, mostrando duas pessoas magras e doentes. A mudança entre esta abordagem e os painéis anteriores foi impactante.

Cameron fez vídeos com as mesmas duas pessoas, nos contando como apenas um dólar lhes custou mais do que sua saúde.

O grupo na sala e as duas garotas ao meu lado, assim como eu, estavam quietos. Prova de que a abordagem funcionaria.

Era um conceito de choque. Foi silencioso, contido, mas ao mesmo tempo de alto impacto.

A cara de Cameron.

Em seguida os rapazes falaram sobre ferramentas e possibilidades on-line. Disseram que o que o cliente estava fazendo agora não era bom o suficiente e que a concorrência iria ultrapassá-los. Disseram a eles em termos inequívocos que uma empresa no século 21 não poderia se dar ao luxo de *não* se mover, mudar, evoluir.

Nem um segundo perdido, nem um momento perdido.

Foi lindo de assistir.

E o sr. Vladimir, um dos funcionários da Lurex, questionou por que a empresa deles deveria contratar a *Fletcher Advertising*.

— Que idiota — Simona murmurou. Então ela olhou para mim. — Desculpe.

Eu sorri. O homenzinho engraçado era um idiota.

— Está tudo bem. Ele é um... um desses.

As duas garotas riram. Assistimos Cameron dizer ao sr. Vladimir que ele deveria contratar a *Fletcher Advertising* para que ele não tivesse que explicar a seus acionistas que ele era a razão pela qual eles perderam dinheiro.

Minha nossa. Eu ri, porque era algo que eu diria.

Mas então, o chefe, o sr. Makenna, pediu aos colegas que saíssem.

— O que ele está fazendo? — Rachel olhou para mim.

Respondi baixinho, honestamente.

— Não sei.

Quando os outros dois saíram da sala, o homem mais velho perguntou:

— Vocês são sempre tão confiantes?

Tanto Cameron quanto Lucas responderam em uníssono.

— Sim.

Eu sorri, Simona e Rachel bufaram.

Então Makenna disse que estava impressionado, mas tinha dúvidas. Ele gostou da ideia, da direção, mas não se convenceu.

— o quanto de certeza vocês têm que esse conceito voltado para o público gay vai funcionar?

Lucas começou a falar, mas Cameron o interrompeu.

— Eu *sei* que isso vai funcionar, sr. Makenna — ele disse enquanto seus olhos se desviavam para a câmera, como se estivesse verificando se estávamos assistindo. Ele se virou para o homem à sua frente e disse: — Sei que vai funcionar, porque sou gay.

Ouvi uma das garotas ofegar... Simona, eu achava. Ela segurou o braço de Rachel por reflexo. Mas eu não conseguia tirar os olhos da tela. Me aproximei. Cameron estava olhando diretamente para a câmera.

Ele estava olhando diretamente para mim.

Eu sou gay, ele disse.

Bem desse jeito.

Por um longo segundo, ele olhou para mim.

Isso não fazia parte da campanha. Não era uma manobra para vender. Isso era real.

Eu já tinha visto aquele olhar em seu rosto antes. Eu só não consegui identificá-lo. Aquele olhar assombrado, vulnerável, de *por favor me perdoe*... ele era pequeno quando vi aquele olhar em seu rosto pela última vez.

Na tela, ele se voltou para Makenna e encerrou a

reunião. Mas não consegui mais prestar atenção. Makenna estava sorrindo e apertando suas mãos, e acho que o acordo foi fechado. Acho que eles conseguiram o contrato da Lurex.

Mas não era importante.

A expressão de Cameron. *Por favor me perdoe...*

Ele era só um garoto. Eu me lembrava... ele estava brincando no meu escritório, fingindo ser eu na minha mesa. Ele girou na cadeira e derrubou o tinteiro de cristal no chão, quebrando-o. Tinha sido do meu pai.

Quando voltei para casa, ele me confrontou, sozinho, assumindo a responsabilidade.

Sinto muito, papai. Por favor, me perdoe.

O olhar em seu rosto.

Sinto muito, papai. Por favor, me perdoe.

Fiquei de pé e caminhei até as portas duplas. Eu nem tinha certeza se Makenna ainda estava lá. Eu não me importava se estivesse.

Porque de repente um contrato de vinte milhões de dólares não significava nada.

Cameron e Lucas estavam sozinhos e se viraram para me olhar. Cameron me encarou. Ele parecia tão assustado. Não, não, não, não, não...

Lucas perguntou algo. Se ele queria que o rapaz ficasse. E o olhar no rosto de Cameron partiu meu coração. Ele estava assustado.

Com medo de mim.

Mas novamente, como se tivesse oito anos, ele disse não a Lucas. Ele faria isso sozinho.

E ele não era um homem adulto. Era meu filho. Era

meu garotinho de novo. E fui até ele – esse garotinho assustado – e o abracei.

Ele congelou por um momento antes de me abraçar de volta. Passei os dedos pelo cabelo em seu colarinho e o segurei, e seus braços me apertaram de volta.

— Ah, Cameron — eu disse. — Por favor, não tenha medo — sussurrei para ele enquanto o abraçava. Ele não respondeu, então perguntei: — Você está bem?

Ele assentiu, e eu me afastei e olhei para ele, esperando encontrar lágrimas. Mas as únicas lágrimas eram minhas.

— Você está? — ele perguntou baixinho.

— Melhor do que bem — eu disse a ele, enxugando minhas bochechas. — Cameron, estou muito orgulhoso de você. O que você fez agora, o que você disse a ele...

— Foi imprudente — ele falou baixinho.

— O quê? — perguntei. — Cameron, foi a coisa mais corajosa que já vi. Foi preciso coragem.

Ele olhou para o chão e eu o parei.

— Eu não quero nada disso — disse a ele, levantando seu rosto com minhas duas mãos. — Mantenha o queixo erguido, filho. Não se desculpe. Não olhe para baixo por causa de ninguém.

Os olhos dele. Deus, seus olhos. Ele ainda estava tão inseguro.

— Pai... está tudo bem? Você não se importa... que... que eu seja gay?

— Claro que está tudo bem — eu disse a ele. — Eu só quero que você seja feliz, Cameron. Sua mãe e eu só queremos que você seja feliz.

Ele esfregou as têmporas.

— Ah, Deus. Minha mãe...

— Eu posso contar a ela — ofereci.

Ele assentiu.

— Vou ligar para ela — ele disse. Cameron disse que precisava de um tempo, precisava dormir um pouco. Ele sabia que sua mãe teria perguntas, centenas delas, e ele só queria algum tempo para colocar a cabeça no lugar. — Estou cansado, pai — disse. E ele parecia mesmo. — Pode contar a ela; eu não espero que você minta. Apenas diga a ela que eu ligo depois de dormir um pouco.

— Claro — eu o tranquilizei.

— Você acha que ela vai ficar bem com isso, pai? — Ele olhou pela janela, e sua voz era muito baixa. — Não quero desapontá-la.

— Cameron, olhe para mim. — Minha voz era suave, mas séria. Esperei até que seus olhos encontrassem os meus antes de dizer a ele: — Sua mãe só quer que você seja feliz. Pode ter certeza — eu disse com um sorriso. — Ela será presidente da PFLAG antes do Natal — falei, me referindo a organização sem fins lucrativos que oferece apoio, educação e defesa para pais, familiares e aliados de pessoas LGBTQIAPN+

Não pude deixar de rir, e isso o fez sorrir. Ele estava quieto, não retraído, mas mais reflexivo, acho.

— Você parece exausto, filho. Deveria ir para casa.

Ele exalou e assentiu.

— Sim. Estou cansado. — Ele se afastou da mesa onde estava encostado.

— Cameron — disse a ele. — Antes de sairmos desta sala, você precisa saber que o que quer que aconteça lá fora — fiz um gesto para o mundo do outro lado da porta. — Eu vou apoiá-lo. Se quiser contar ao mundo inteiro, estarei com você. O que você decidir.

Ele passou a mão pelo cabelo.

— Obrigado, pai. Mas podemos viver um dia de cada vez?

— Claro — eu disse a ele. — Claro que podemos. — Caminhei até a porta.

— Pai? — ele me chamou. Me virei e ele me olhou diretamente nos olhos. — Posso te perguntar uma coisa?

Afastei a mão da maçaneta da porta e dei a ele toda a minha atenção.

— Claro.

— Você assistiu toda a apresentação da Lurex, não foi?

Concordei

— O Lucas é... — ele começou baixinho — ele é... ele é... — Suas palavras sumiram, inacabadas.

— Ele é o quê, Cameron?

— Só me prometa: não importa o que aconteça... depois de hoje... você não vai mandá-lo de volta para o Texas.

Texas?

— Por que eu faria isso?

— Nenhum motivo específico — ele sorriu. — Sei que tenho te incomodado por ele trabalhar aqui. Mas — ele respirou fundo e exalou alto. — Mas ele é brilhante, pai. Eu não teria conseguido o contrato da Lurex sozinho.

— Duvido que algum de vocês pudesse ter feito isso

sozinho, Cameron. — Não pude deixar de rir. — A menos que você seja o *Superman* por baixo desse traje Armani.

Cameron sorriu, um sorriso genuíno e cansado. Então ele riu e balançou a cabeça.

— Mais do que você imagina, pai.

— Vamos — eu disse a ele com um sorriso e abri a porta. — Vamos encontrar a outra metade da sua dupla dinâmica. Até os super-heróis precisam dormir, Cameron.

Saí pela porta e fui para a sala de Lucas, mas ouvi a voz de Cameron atrás de mim.

— Eles com certeza precisam, pai.

Enfim, o fim.

SOBRE O AUTOR

N.R. Walker é uma autora australiana que adora seu gênero de romance gay. Ela ama escrever e passa muito tempo fazendo isso, mas não gostaria que fosse diferente. Ela é muitas coisas; mãe, esposa, irmã, escritora. Ela tem lindos, lindos garotos que vivem na sua cabeça e que não a deixam dormir a menos que ela lhes dê vida com palavras.

Ela gosta quando eles fazem coisas safadinhas... mas gosta ainda mais quando eles se apaixonam.

Ela costumava achar que ter pessoas na sua cabeça falando com ela era estranho, até que um dia ela se deparou com outros escritores que lhe disseram que era normal. Ela tem escrito desde então.

N.R. Walker foi eleita a autora favorita de todos os tempos do Goodreads M/M Romance Members' Choice Awards de 2019 e do Goodreads M/M Romance Members' Choice Awards Hall of Fame de 2020

Leia mais em: nrwalker.net

TAMBÉM DE N.R. WALKER

TÍTULOS EM INGLÊS

Blind Faith

Through These Eyes (Blind Faith #2)

Blindside: Mark's Story (Blind Faith #3)

Ten in the Bin

Gay Sex Club Stories 1

Gay Sex Club Stories 2

Point of No Return – Turning Point #1

Breaking Point – Turning Point #2

Starting Point – Turning Point #3

Element of Retrofit – Thomas Elkin Series #1

Clarity of Lines – Thomas Elkin Series #2

Sense of Place – Thomas Elkin Series #3

Taxes and TARDIS

Three's Company

Red Dirt Heart

Red Dirt Heart 2

Red Dirt Heart 3

Red Dirt Heart 4

Red Dirt Christmas

Cronin's Key

Cronin's Key II

Cronin's Key III

Cronin's Key IV - Kennard's Story

Exchange of Hearts

The Spencer Cohen Series, Book One

The Spencer Cohen Series, Book Two

The Spencer Cohen Series, Book Three

The Spencer Cohen Series, Yanni's Story

Blood & Milk

The Weight Of It All

A Very Henry Christmas (The Weight of It All 1.5)

Perfect Catch

Switched

Imago

Imagines

Imagoes

Red Dirt Heart Imago

On Davis Row

Finders Keepers

Evolved

Galaxies and Oceans

Private Charter

Nova Praetorian

A Soldier's Wish

Upside Down

The Hate You Drink

Sir

Tallowwood

Reindeer Games

The Dichotomy of Angels

Throwing Hearts

Pieces of You - Missing Pieces #1

Pieces of Me - Missing Pieces #2

Pieces of Us - Missing Pieces #3

Lacuna

Tic-Tac-Mistletoe

Bossy

Code Red

Dearest Milton James

Dearest Malachi Keogh

Christmas Wish List

Code Blue

Davo

The Kite

Learning Curve

Merry Christmas Cupid

To the Moon and Back

Second Chance at First Love

Outrun the Rain

Into the Tempest

Touch the Lightning

TÍTULOS EM AUDIOLIVRO

Cronin's Key

Cronin's Key II

Cronin's Key III

Red Dirt Heart

Red Dirt Heart 2

Red Dirt Heart 3

Red Dirt Heart 4

The Weight Of It All

Switched

Point of No Return

Breaking Point

Starting Point

Spencer Cohen Book One

Spencer Cohen Book Two

Spencer Cohen Book Three

Yanni's Story

On Davis Row

Evolved

Elements of Retrofit

Clarity of Lines

Sense of Place

Blind Faith

Through These Eyes

Blindside

Finders Keepers

Galaxies and Oceans

Nova Praetorian

Upside Down

Sir

Tallowwood

Imago

Throwing Hearts

Sixty Five Hours

Taxes and TARDIS

The Dichotomy of Angels

The Hate You Drink

Pieces of You

Pieces of Me

Pieces of Us

Tic-Tac-Mistletoe

Lacuna

Bossy

Code Red

Learning to Feel

Dearest Milton James

Dearest Malachi Keogh

Three's Company

Christmas Wish List

Code Blue

Davo

The Kite

Learning Curve

Merry Christmas Cupid

To the Moon and Back

Second Chance at First Love

SÉRIE DE COLECÇÕES:

Red Dirt Heart Series

Turning Point Series

Thomas Elkin Series

Spencer Cohen Series

Imago Series

Blind Faith Series

Missing Pieces Series

GRÁTIS EM INGLÊS:

Sixty Five Hours

Learning to Feel

His Grandfather's Watch (And The Story of Billy and Hale)

The Twelfth of Never (Blind Faith 3.5)

Twelve Days of Christmas (Sixty Five Hours Christmas)

Best of Both Worlds

OUTROS IDIOMAS:

ITALIANO

Fiducia Cieca (Blind Faith)

Attraverso Questi Occhi (Through These Eyes)

Preso alla Sprovvista (Blindside)

Il giorno del Mai (Blind Faith 3.5)

Cuore di Terra Rossa Serie (Red Dirt Heart Series)

Natale di terra rossa (Red dirt Christmas)

Intervento di Retrofit (Elements of Retrofit)

A Chiare Linee (Clarity of Lines)

Senso D'appartenenza (Sense of Place)

Spencer Cohen Serie (including Yanni's Story)

Punto di non Ritorno (Point of No Return)

Punto di Rottura (Breaking Point)

Punto di Partenza (Starting Point)

Imago (Imago)

Il desiderio di un soldato (A Soldier's Wish)

Scambiato (Switched)

Galassie e Oceani (Galaxies and Oceans)

Il peso di tut (The Weight of it All)

FRANCÊS

Confiance Aveugle (Blind Faith)

A travers ces yeux: Confiance Aveugle 2 (Through These Eyes)

Aveugle: Confiance Aveugle 3 (Blindside)

À Jamais (Blind Faith 3.5)

Cronin's Key Series

Au Coeur de Sutton Station (Red Dirt Heart)

Partir ou rester (Red Dirt Heart 2)

Faire Face (Red Dirt Heart 3)

Trouver sa Place (Red Dirt Heart 4)

Le Poids de Sentiments (The Weight of It All)

Un Noël à la sauce Henry (A Very Henry Christmas)

Une vie à Refaire (Switched)

Evolution (Evolved)

Galaxies & Océans

Qui Trouve, Garde (Finders Keepers)

Sens Dessus Dessous (Upside Down)

Spencer Cohen Series

ALEMÃO

Flammende Erde (Red Dirt Heart)

Lodernde Erde (Red Dirt Heart 2)

Sengende Erde (Red Dirt Heart 3)

Ungezähmte Erde (Red Dirt Heart 4)

Spencer Cohen Libro Dos

Spencer Cohen Libro Tres

Davo

Hasta la Luna y de Vuelta

Segunda Oportunidad al Primer Amor

Vinciendo a La Lluvia

TAILANDÊS

Sixty Five Hours (Thai translation)

Finders Keepers (Thai translation)

CHINÊS

Blind Faith

JAPONÊS

Bossy